신들의 놀이터

강인한

1944년 전북 정읍 출생. 본명은 동길. 1967년 〈조선일보〉 신춘문예에 시 당선으로 등단. 시집 『이상기후』『불꽃』『전라도 시인』『우리나라 날씨』『칼레의 시민들』 『황홀한 물살』『푸른 심연』『입술』『강변북로』, 시선집 『어린 신에게』, 시비평집 『시를 찾는 그대에게』가 있음. 37년간 중고교에서 교편을 잡다가 2004년 2월 명예 퇴직. 1982년 전남문학상, 2010년 한국시인협회상 수상. 2002년부터 현재까지 인 터넷 카페 '푸른 시의 방'을 운영하며 우리 현대시의 참되고 바른 길을 제시하는 데 온 힘을 기울이고 있음.

신들의 놀이터

初版 1쇄 2015년 6월 22일
지은이 강인한
펴낸이 김영재
펴낸곳 책만드는집

주소 서울 마포구 양화로3길 99 4층 (121-887)
전화 3142-1585·6
팩스 336-8908
전자우편 chaekjip@naver.com
출판등록 1994년 1월 13일 제10-927호
ⓒ 강인한, 2015

ISBN 978-89-7944-532-9 (03810)

신들의 놀이터

강인한 대표시 100선

책만드는집

시인은 먼저 사람이 되어야 한다. 뼈와 살이 있고 피가 돌고, 바늘로 찌르면 아픔을 느낄 줄 알며 한 방울 더운 선혈이 솟는 그런 사람이라야 한다. 수백 명 꽃다운 아이들이 수장돼 죽어가도 그에 대해서는 단 한 줄의 시구도 외면하며 그 따위 시사적인 일상과는 담을 쌓고 오로지 자기의 성재 안에 스스로를 가두고 순수시만을 쓰는 시인이 있다면 그는 참다운 시인일 수 없다. 그는 사람을 초월한 자이기 때문이다.

시인은 예술 작품을 창작하는 사람이라야 한다. 공장에서 기계라든가 공산품을 생산하듯이 각을 세워 기획하고 거기에 맞춰 시를 제작하는 이들도 더러 있는 모양이지만 그게 사람일 것인가, 목적과 용도에 맞춰 공장에서 시를 제작하는 한갓 로봇일 뿐. 한 사람의 일생을 이리저리 각도와 방향을 재고 계산하여 기획한다는 게 어떻게 가당할 것인가. 희로애락의 정서를 배제하고 천상의 관념만을 추구할 수 있다면 그는 시인은 차치하고 사람이 아닌 별스러운 비인간일 것이다.

돌아보면 평생 내가 의지할 수 있는 것은 오로지 시뿐이었다. 이제 한번쯤 서서히 스스로의 시를 정리해봐야 할 때가 된 것 같다. 오늘 내 손으로 백 편의 시를 고른다. 이 시선집 전체를 조감하는 평문을 새로 청탁하여 책 뒤에 붙일까도 생각했으나 본의 아닌 부담을 지울 것 같기에 다른 글로 대신한다. 시집『불꽃』부터『황홀한 물살』까지의 흔적을 조명해준 신덕룡 교수의 2004년 원고를 다시 여기에 올린다. 그리고『푸른 심연』『입술』『강변북로』가 더 있지만『입술』한 권에 국한하여 2010년에 조창환 교수가 쓴 짤막한 평문 한 꼭지를 덧붙인다. 두 분에게 감사한다.

   50년 가까이 오욕의 역사와 길항하여 시를 쓰면서도 나름대로 지녀온 신념을 오늘 다시 내 앞에 불러 세운다. 시란 무엇이며 시인은 누구인가를.

   ─시는 언어의 보석이다.
   그 속에서 빛나는 것은 시인의 영혼이다.

2015년 봄
강인한

| 차례 |

2부   푸른 심연 · 황홀한 물살 · 칼레의 시민들

3부   우리나라 날씨·전라도 시인

4부 불꽃·이상기후

1부

강변북로 · 입술

봄날

헬리콥터가 날아온다,
한 대, 두 대.

두 줄 가득 털 난 굉음을
풀어놓는다.

시끄러운 부분만 가위로
동그랗게 오려낸다.

물 위에 띄운다.

청둥오리들이 부지런히 쫓아와
동그란 하늘의 털 난 꽁무늬
콕콕 쪼아댄다.

버들개지 눈이 찔끔
놀라서 바라보는
저쪽,

안 보이는 별들이 좌르륵 쏟아져 내리는 저쪽
물살에 은비늘이 튄다.

풀밭 위의 점심 식사

여러분의 자랑스러운 후일담이 되어드리려고
벌거벗고 앉아 있어요, 얌전한 고양이
부뚜막의 고양이가 되어
땅속으로 땅속으로 두더지가 한사코 땅을 파듯
저 멀리 흐르는 강물 소리엔
꿈의 운하를 파는 삽질 소리가 암암리에 섞여 있지요.
내 곁에 한쪽 다리를 뻗고 느긋한 파트너는
토요일까지 죄를 짓고
주일날이면 교회에 가서 사함을 받지요, 그리고
풀잎에 맺힌 아침 이슬처럼 깨끗해지지요.
나는 무릎 위에 손을 올리고
물려받을 주식에 대한 생각들을 인화하기 위해서
내 얼굴의 턱을 괴고 있어요.
거리에서 떼쓰다가 불타 죽은
못된 불량배들에 대한 헛소문은 믿지 마세요.
감춰진 살 사이로 향긋한 바람이 들락거리는 숲 속
이 그늘이 참 좋아요.
굴참나무 속에 섞인 한 그루 자작나무처럼
알몸으로 앉아 있어요, 강가에서 뒷물을 마친 친구가
건너편 남자의 짝이 되기 위해 돌아오고 있네요.

방부제가 섞인 이 식빵과
농약이 스며 색깔 고운 과일들, 주기도문과 함께
벌거벗은 내 몸을 함께 들어보셔요.
죽어도 우리들은 썩지 않을 거예요.
썩지 않는 우리들의 사랑 먹고 마시어요.
이 신선한 공기는 십 년 만이지요, 안 그런가요.

그런데, 우리들의 풍경 밖에서
우리를 엿보는 당신은 누구인가요.
내 허벅지 사이로 기어 들어와
배꼽 아래까지 깊숙이 치밀어 올리는 뜨거운 시선
도대체 보이지 않는 당신은 누구지요?

한밤의 블랙러시안

내 시력에서 너의 안부가 빠져나간다.
점점 멀어지다가
네 어떠한 표정도 다 지워지고
희미한 기억으로 너는 존재한다.

한밤의 블랙러시안
갈색 차가운 소용돌이 속으로
미치고 싶은 내 혈액이 달려간다, 사랑아.
허리까지 빠지는 폭설에 막혀
우편마차의 방울 소리는
흰 눈이 내리는 자작나무 숲을 돌아
까마득히 사라져 가버렸다.

눈 감고 듣는 먼 바람 소리
내 귓가에 환하게 들려오는 밤의 갈피갈피,
늑대 울음은 나의 것이다.
피 묻은 늑대 울음은 나의 것이다.
한밤의 블랙러시안,
집을 뛰쳐나와 비틀비틀 걸어가는
사랑아 네 모습이 유리컵에 어른거린다.
유리에 내 더운 입술이 닿는다.

유턴을 하는 동안

좌회전으로 들어서야 하는데
좌회전 신호가 없다.
지나친다.
한참을 더 부질없이 달리다가 붉은 신호의 비호 아래
유턴을 한다.
들어가지 못한 길목을 뒤늦게 찾아간다.

꽃을 기다리다가 잠시
바람결로 며칠 떠돌다가 돌아왔을 뿐인데
목련이 한꺼번에 다 져버렸다.
목련나무 둥치 아래 흰 깃털이 흙빛으로 누워 있다.

이번 세상에서 만나지 못한 꽃
그대여, 그럼
다음 생에서 나는 문득 되돌아와야 하나.
한참을 더 부질없이 달리다가
이 생이 다 저물어간다.

샤르트뢰즈*의 나무 한 그루

협곡 위로
쏜살같이 흐르는 구름
별들의 운행.

나무여 보는가.

고립이 두렵지 않은 기나긴 곡선의 내부
침묵으로 벽을 쌓은 서른 개 독방
1인분의 음식을 나눠주며
수레바퀴 구르는 소리
돌바닥에 깔리고
무반주의 그레고리안 찬트.

나무여 듣는가.

기도를 위해
널빤지에 무릎 꿇는 소리
책장을 넘기는
작은 불빛, 조용히

한 방울
두 방울
검은 파문을 짓다가
내면의 고백을 움켜쥔 빗줄기.

나무여 아는가.

쏟아지는 장대비
골짜기 가득
허연 물보라.

---

* 프랑스의 남동부 알프스에 있는 그랑드 샤르트뢰즈 봉쇄 수도원.

당신의 연애는 몇 시인가요

이른 아침 갓 구운 핑크의 냄새,
골목길에서 마주친 깜찍하고 상큼한 민트 향은
리본으로 치장한 케이크 상자처럼 궁금한 감정이에요.

초보에게 딱 맞는 체리핑크는
오전 열 시에 구워져 나오지요.
십 대들이 많이 구매하지만 놀라지 마셔요, 때로는
삼사십 대 아저씨가 뒷문으로 들어와 찾을 때도 있어요.

육질 좋은 선홍색의 연애는
오후 두 시 이후에 뜨거운 오븐을 열고 나와요.
구릿빛 그을린 사내가 옆구리에 낀 서핑보드
질척거리는 파도 사이 생크림 같은 흰 거품은 덤이지요.

아무래도 못 잊는 블루,
그중에서도 뒷맛이 아련해 다시 찾는 코발트블루는
땅거미 질 무렵 산책로에 숨었다가 뛰쳐나오기도 하지
만요.

가장 멋들어진 연애는 한밤의 트라이앵글,

꼬리에 꼬리를 물고 토라지는 삼각관계로 구워내
당신의 눈물에 찍어 먹는 간간한 마늘빵 그 맛이지요.

암스테르담

공짜로 휴대폰을 바꿔준다는 전화가 또 왔습니다.
만 원짜리 지폐가 든 봉투를 코앞에 흔들며
신문을 바꿔보라는 사내가 있습니다.
바꾸고 바꾸고 또 바꾸는 게 유행이고 미덕이랍니다.
냉장고를 바꾸고, 비포에서 애프터로 얼굴을 바꾸고
정당을 바꾸고 심장도 바꾸고, 그러므로 비행기를
바꿔 타는 환승은 당연한 절차.
고흐 씨, 빈센트 반 고흐 씨
한 시간 반 동안의 무색무취,
당신의 고국 네덜란드와 차단된 거기를 뭐라 할까요,
마드리드에서 인천으로 가기 위한 환승 구역.
말썽 부리는 맹장처럼, 시간을 없애기 위해 있는 곳
암스테르담, 암스테르담의 한 점.
가을 잠자리가 시간을 모으는, 죽은 나뭇가지 끝의 한 점.
그때 잠자리는 환승 구역에 머무르는 중이었을까요.
당신이 마중 나오지 않아서 섭섭했습니다.
무색무취의 시간을 흘려보내는 암스테르담에서
잠시 동안 당신이 그리웠습니다.
고흐 씨, 빈센트 반 고흐 씨
겨울이 돼서 당신의 것과 비슷한 모자를 하나 샀습니다.

당신의 별에도 지금 눈이 옵니까,
이제 곧 이 별에서 당신의 별로 바꿔 탈 때가 다가옵니다.

강변북로

내 가슴의 동쪽에서 서쪽으로
달이 지나갔다.
강물을 일으켜 붓을 세운
저 달의 운필은 한 생을 적시고도 남으리.

이따금 새들이 떼 지어 강을 물고 날다가
힘에 부치고 꽃노을에 눈이 부셔
떨구고 갈 때가 많았다.

그리고 밤이면
검은 강은 입을 다물고 흘렀다.
강물이 달아나지 못하게
밤새껏 가로등이 금빛 못을 총총히 박았는데

부하의 총에 죽은 깡마른 군인이, 일찍이
이 강변에서 미소 지으며 쌍안경으로 쳐다보았느니
색색의 비행운이 얼크러지는 고공의 에어쇼,
강 하나를 정복하는 건 한 나라를 손에 쥐는 일.

그 더러운 허공을 아는지

슬몃슬몃 소름을 털며 나는 새 떼들.

나는 그 강을 데려와 베란다 의자에 앉히고
술 한잔 나누며
상한 비늘을 털어주고 싶었다.

브릭스달의 빙하

설레는 오로라 때문일까요,
잠이 오지 않아요.
빙하를 보았지요. 푸른빛이 눈을 찔러요.
브릭스달의 빙하, 저 높은 이마를 가진 빙하도
이제 많이 늙었어요.
눈꺼풀이 무겁지만 잠이 올 것 같지 않아요.
내 나이 열일곱에 만난 당신
그때 만난 당신은 늠름한 청년이었지요.
이제 나도 마흔을 넘겼어요,
빙하의 푸른빛이 온통 내 눈으로 흘러드나 봐요.
어젯밤 우리들의 딸이
저희 반 남학생이랑 함께 지낸 걸 알아요.
빙하가 우레처럼 울고 난 뒤
피오르드로 한꺼번에 떨어지는 얼음덩어리,
단숨에 벌어지고 쪼개지는 그게 우리네 삶인걸요.
오늘 새벽 그 사내애를 만났어요. 화가 나서
따귀를 때리고 싶었지만, 당신의 서늘한 눈빛이 생각났
어요.
저 빙하의 푸른빛이 산골짜기마다 넘쳐요.
이렇게 많은 푸른빛에 싸여서

나는 언젠가 눈이 멀 거예요.

당신이랑 작은 보트를 빌려 타고

피오르드에서 송어를 낚던 지난 여름이 생각나요.

흥정도 없고 덤도 없는 세상.

이제 알아요. 나는 푸른빛에 둘러싸여서

머지않아 눈이 멀 거예요.

아름다운 브릭스달의 빙하도 언젠가는 폭포로

폭포 아래의 호수로 모두 다 풀어질 거예요.

내일 아침엔 노란 튤립 화분을 주방 창틀에 내놓겠어요.

아픔 반 기쁨 반, 딸애도 알게 되겠지요.

해가 없는 여섯 달, 해가 지지 않는 여섯 달

아이들은 알게 될 거예요.

블루베리는 보랏빛으로 익어가고

월귤 열매는 빨갛게 익어가는 것을.

손을 그리는 손
-M. C. 에셔의 석판화〈Drawing Hands〉

흰 드레스셔츠에서 빠져나온 손
연필을 쥐고
과거에 매달리고 있는 기억력이 나쁜 손이 있다.

의심이 많아서
만져보기 전엔 절대로 믿지 않으며
관을 보아야 눈물을 흘리는 실증實證의 습관.

완벽하고 높은 일상의 궤도에 진입하기를 기도하는 손
물 한 방울 없는 메마른 꿈속에서 건져낸 표정은
지금 여기서의 삶이 지루하다.

검은 탁자 위 회색 중절모 속에 접혀 있다가
줄줄이 풀려 나오는 붉은 리본,
꾸깃꾸깃 접혀 있다가 한순간에 날아가는
한 마리 흰 비둘기는 당신의 두 손이
간절히 바라는 꿈.

인생이라는 두꺼운 책 표지를 잠시 덮어두고
당신은 오른손으로 연필을 쥔다.

거울 속으로 들어가고 싶은
그림자들의 벌거벗은 육체를 물끄러미 바라보다가
가늘게 그려지는 선, 선들을 모아
쌍둥이처럼 닮은 당신의 오른손을 향하여
연필 끝으로 좇아가고 있는 내 오른손의 목마름이여.

죽은 나무를 위한 아르페지오

흐르는 저 물길 위에 그대 욕망의 물결이 베일처럼
가벼이 흔들리는 게 보이는가, 술탄이여.
죽은 자들의 그림자 우쭐거리는 밤마다 죄를 머금은
이슬은 사이프러스의 촉수 끝끝마다 별빛을 끌어 내린다.

장미꽃이 초록빛 작은 입술을 내밀어 관능의 목을 축이는
밤마다
인간의 슬픈 기원이 들린다. 방울방울
젊은 목숨들 잦아진 곳,

한때는 소리 없이 밤새처럼 한 쌍의 그림자 스며들어
죽음도 무릅쓰는 사랑에 기뻤으매
비단바람이 어루만져 나뭇잎을 환희에 떨게 하였으며
생명의 음률을 스스로 읊으며 분수가 뿜어져 나오게 하였
는데

금기를 범하여 처단된 술탄의 여인,
그 사랑하는 병사와 더불어 목이 걸렸고
저들에게 밀회의 장소를 제공한 죄로 나는 뿌리를 잘렸다.
처형의 전말을 목격한 죄로 나는 가지를 잘렸다.

30

죽어서 이루지 못한
슬픔으로 피는 꽃들의 이름을 아아, 나는 모른다.
그 밤의 천둥 속에서 소스라치던 내 이름도 잊고
몇백 년 물길은 흘러서
이제는 시간의 흐름도 잊었으니

불꽃처럼 붉은 혀를 날름거리며 먼 데서 깊은 밤 사자들
이 배회하고
설화석고 흰 돌에 얼굴을 비추는 벙어리, 물의 정령들이
아래로 아래로 흘러가며 아라베스크의 춤을 출 때면
횃불에 비친 궁전의 벽은 핏빛으로 어룽지고 있거늘, 술
탄이여

나는 다만 눈 뜬 채 영원히 사라지지 못하는 한 개 나무토막,
이 깊은 성안에서 잠 못 드는 영혼들 하염없는 손짓을 기
억할 뿐
한 그루 죽은 나무로 나는 여기
불멸의 사랑을 증언하기 위해 알함브라의 정원에 서 있
느니.

검은 현존

모과나무가 대문 밖에 나와 비를 맞고 있다.
장미과의 수피에
불신처럼 이끼가 덮였고
턱에 걸린 명찰에는 빗물이 얼룩진다.
그런즉 한참 멀리서 왔다, 그대는.

어떤 상처는 고집이 세다.
중학교 일 학년 때 뒤에 앉은 아이가
갑자기 펜을 들어 찍어버린 내 손등.
한 방울 피의 결정으로 손등에 그 점이 살아 있다.

그때, 질풍 같은 분노의 일격과
그 아이도 나도 길항의 내용에 대해서 지금은 잊었지만
은근한 비밀로 내 몸은 기억하고
나를 각성시킨다.

모과가 찾아가는 뒤틀리고 먼 기억의 통로
놋날처럼 쏟아지는 빗발 아래 희미한 장미의 가계,
누가 끄집어낼 것인가. 장미도 모과도
이제는 기억하지 못한다.

한때 집을 나온 장미 중의 어떤 가여운 따님이
오래도록 모과나무로 검게 살아가는 현존이 있을 뿐.
이제는 아무도 묻지 않는다,
모과나무의 본적을.

빈 손의 기억

내가 가만히 손에 집어 든 이 돌을
낳은 것은 강물이었으리
둥글고 납작한 이 돌에서 어떤 마음이 읽힌다
견고한 어둠 속에서 파닥거리는
알 수 없는 비상의 힘을 나는 느낀다
내 손 안에서 숨 쉬는 알
둥우리에서 막 꺼낸 피 묻은 날갈처럼
이 속에서 눈뜨는 보석 같은 빛과 팽팽한 힘이
내 혈관을 타고 심장에 전해 온다
왼팔을 창처럼 길게 뻗어 건너편 언덕을 향하고
오른손을 잠시 굽혔다가
힘껏 내쏘면
수면은 가볍게 돌을 튕기고 튕기고 또 튕긴다
보라, 흐르는 물 위에 번개 치듯
꽃이 핀다, 핀다, 핀다
돌에 입술을 대는 강물이여
차갑고 짧은 입맞춤
수정으로 피는 허무의 꽃송이여
내 손에서 날아간 돌의 의지가
피워내는 저 아름다운 물의 언어를

나는 알지 못한다
빈 손아귀에 잠시 머물렀던 돌을 기억할 뿐.

장미의 독

건드리지 마,
붉은 외마디가 터져 나온다
뭉쳐진 대기가 한순간 살의를 머금고
꽈리처럼 부풀어 오른다

내가 마련한 것은 독毒이었다
저 유월의 태양에서 얻어 온 유황불의 뜨거움과
뿌리에서 길어 올린 몇 그램의 치명적인 잠
나는 살이 여위고
희생에 대한 그리움으로 잠을 못 이룬다

하늘을 향해 열린 나의 자궁에서 뿜어져 나오는 것은
그러므로 당신을 죽이고 내가 다시 태어나기 위한
오랜 종種의 기억
이 기억 속에 번져가는 유혹의 향기를
나는 거두지 않으리

뾰족하게 치켜 든 내 손톱의
저주를 잊지 말라 내 손을 움켜쥐는 자
나는 그대의 피를 원한다

혹여 내 입술에 그대의 눈꺼풀이 스칠지라도
나는 그대를 실명시키고야 말리라
아니 내 증오의 독은
바다로 빨려드는 강물처럼
펄떡이는 그대의 심장에 흘러들어 온몸의 혈관에
번제燔祭의 새빨간 독을 풀어 넣을지니

헛된 아름다움을 취하는 그대
나는 그대에게 한 목숨을 청구한다
도취의 꿈에 눈멀어 내 손톱에 할퀴는 순간
그대는 나와 하나가 되는 것, 두려워 말라
연옥의 불길에 닿아 있는 나의 사랑을
두려워 말라
검붉은 강물 속으로 우리 함께 뛰어드는 것을.

발다로의 연인들

독화살이 심장을 파고들어 마침내 숨을 끊은
콸콸 더운 피를 끄집어낸 곳, 여기쯤인가 부러진 뼈 한 도막
몇 날 몇 밤의 증오를 순순히 받아들인 곳
피는 굳고, 벌들이 찾던 꽃향기는 언제 희미해진 것일까

부릅뜬 눈으로 빨아들인 마지막 빛은
사랑하는 이여 당신의 눈, 햇빛보다 부신 웃음이었다
껴안은 팔에서 부서져 내리는 허무한 흙덩이
잘 가라, 우리들 포옹 아래로 흘러가는 시간이여
눈보다 희고 부드러운 시간들이여

꿀처럼 달고 보드라운 당신의 입술은
아름다운 노래를 버리고 어디로 갔나 만토바의 하늘을 스
치는
한 덩이 구름, 한 줄기 놀빛으로 산을 넘어
서늘한 밤의 대기가 되고
내 온몸을 거울처럼 담아 빛나던 당신의 눈은
벌써 여름밤 별자리로 찾아가 맑게 빛나고 있거니

부패라는 것, 오 망각이란

가시 많은 사람살이에 얼마나 고마운 벗일 것인지
오랜 망설임 끝에 다가가서
한 점 한 점 불타는 기쁨으로 땀 흘리던 육체는
기꺼이 벌레의 밥이 되고 다시 흩어져 희미한 슬픔으로
흐르다 올리브나무 수액이 되고, 더러는 바람에
무심한 바람에 팔랑이는 올리브나무 잎새가 되었다

잠도 천 년, 다시 또 몇천 년이 꿈결 같았다
무서운 살육의 전설도 기억에서 지워지고
수많은 파란이 지나가고 난 뒤
문득 깨어난 아침이 웬일인가 조금도 낯설지 않았다

침묵으로 말하노니
손대지 마라, 우리들 기나긴 사랑의 포옹을
비가 오고 눈이 오는 곳, 빗발치는 편견을 법으로 세우는
곳이라면
우리 이대로 다시 몇천 년이라도 견디고 견딜 것이니.

일 획

자가웃 넘는 눈 위에
더 내려서 쌓이는 눈
흰 어둠으로 앞이 안 보인다
고요의 무게를 힘겹게 버티다가
우지끈, 손을 놓아버린 청솔가지

포르르포르르 열두 줄로 눈가루 날리고

찢겨 나간 소나무 흰 속살이 보인다
날것의 저 생채기에서
뿜어져 나온 수액의 향기가
찬 공기 속으로 번지는 동안
아늑한 관능의 상형문자가 펼쳐지는 동안

눈 밑에 찍힌 발자국들
더욱 단단하게 짐승의 기억을 옥죄고
먼 데서 일 획을 그으며
눈 더미가 나뭇가지를 꺾고 떨어지는 소리
짐승의 털이 한순간
바늘처럼 귀를 세운다.

사랑의 기쁨*

목이 마르다고 했다
너는 몹시 두려워하며 물을 움켜쥐었다
저 언덕 너머 뒤쫓아 오는 추적자들의
발자국 소리가 들린 것 같다
고 너는 말했다

나는 네 손바닥 위에 한 움큼의 물을 보태었다
떨리는 너의 손가락 사이로
물은 금방 새나가는 것이었다
모래언덕 위로 회오리바람이 일었다

한 모금을 겨우 목구멍으로 넘기는 너를
바라보고 있었다
고개를 돌려 바라다보았다 번개같이
내려진 기요틴의 칼날 아래
눈 뜬 채 웃고 있는 내 머리가 뒹굴었다

내 눈에 맺힌
물방울 하나에 너의 모습이 비쳤다.

* 마르티니 작곡의 음악.

마리안느 페이스풀*

간절하면 이루어지나 봐요, 마리안느
미안해요 당신을 간밤 꿈속에서 만났어요
나랑 둘이서 피나콜라다를 마시기 위해
구석진 카페에 앉았는데
안타깝게도 어둠이 안개처럼 피어오르고 있었어요
그 어둑한 두 그림자가 졸아들어
촉촉한 슬픔의 촉을 올려 오늘 내 가슴속 어딘가
키 작은 제라늄 꽃나무로 돋아나고 있어요

당신은 낯선 곳에 가서도 나무들의 이름을 불러주고
꽃들의 하염없이 작은 말을 귀 기울여 들어주는
착한 여인, 깊은 눈빛 아름다운 여인
나는 당신의 발가벗은 몸에 장미 꽃다발을 바쳐요
장미꽃으로 앙증맞은 당신의 가슴을
장미꽃으로 간지럼을 기다리는 당신의 배를
장미꽃으로 당신의 허벅지를 다리를
가볍게 가볍게 두드려요
나를 보는 당신은 가을 하늘 새털구름, 셀로판지 같은
웃음을 던져주고

마리안느, 당신의 깊은 눈동자 속에 장미꽃
장미꽃 한 잎의 꽃잎에 작은 물방울
물방울에 갇히고 마는 오토바이 한 대
지금 내 귓속에는 작은 새처럼
당신이 날아오는 안개 낀 새벽
오토바이의 길고 긴 폭음이 눈부신 금빛으로 붕붕거려요

이제 턱 밑에서부터 지퍼를 내가 열게요
신비로운 당신의 가슴골과
비밀스레 떨고 있는 아랫배까지 열어갈게요
검정 가죽 슈트를 한숨에 열어서 당신의 흰 알맹이를
꺼낼 거여요
그리하여 내 입에 머금은 피나콜라다를
당신에게 부어주고 싶어요, 마리안느
예쁜 제라늄 화분에 물을 주듯이
성당의 성수대에 성수를 흘려 넣듯이.

* 망디아르그의 소설 「오토바이」를 원작으로 한 영화에 알랭 들롱과 함께
  출연한 영국 가수, 배우.

아무도 기다리지 않았다

일리야 레핀의 그림 속으로 들어와 눈을 털고
낡은 외투 뼈아픈 세월을 털고
검정 모자를 벗어 든 저이!
깜짝 놀란 건 의자였다, 딸꾹질처럼 피아노가 멎고

아무도 기다리지 않는 잿빛 시간 속으로
가뭇없이 눈이 내렸다.

미술관 유리창 밖으로도 먹먹한 눈이 내리고
당신은 내 곁에 앉아 있었다, 참새처럼
러시아의 눈 내린 광장에 새 발자국을 쿡쿡 찍고
백 년 전 가난한 사람들이
손 흔들며 흩어지는 모습을 우리는 보았다.

사랑한다는 것은
오래 쌓인 눈의 무게를 마음에 달아 저울질하며
더운 커피를 번갈아 마시는 것,
타고 온 마차를 돌려보내고
돌아가는 바퀴 소리에 옛날의 아픔을 실어 보내는 것.

녹기 시작한 층계에 다시 눈이 내려
서로서로 꼭 붙들고 층계를 밟는 건 즐거운 일,
반짝반짝 아르페지오로 빛나는 음악
날리는 벚꽃 사이로 한 줄씩 섞여들었다.

붉은 방
－앙리 마티스, 1908년 캔버스에 유화(180cm×220cm)

달걀에 우유를 섞어 당신은 힘차게 휘젓는다
차려 자세의 벚나무 두어 그루 창밖에서
스크램블드에그를 기다리는 동안
만성 소화불량의 기색으로 바라보는 시선을 느낀다
내 사랑, 한때는 멋진 남자였는데

비의 씨앗을 잉태한 보랏빛 ⊦름은
추억을 기울여 과일 접시 속으로
사월의 꽃향기를 가만가만 흘려 넣는다
시들어버린 야망, 시들어버린 사랑을
뱃속에서 지우고
당신은 붉은 핏방울을 방울방울 떨군다
번져가는 불길한 소문처럼 카펫이 붉게 물든다

당신이 내다보는 남쪽
창밖으로 초록빛 느린 시간이 흘러가고
한꺼번에 붉은 물감이 쏟아진다
죽은 포도나무 가지는 붉은 식탁보를 넘어
당신 몸을 뚫고 주방의 붉은 벽지를 타고 오른다

벽에 걸린 새빨간 태피스트리의 문양에
검은 번개가 긁힌다.

오후의 실루엣

앉아서 담배를 피울 수 있는 공간
카페 손님이 그래서 많다

당신은 내 앞에
떠 있다
강이 있고
건너편에는 내가 떠 있다

우리들은 하반신이 지워진 채 마주 앉아
앞에 놓인 강에
뛰어들 것인지 말 것인지
오래 들여다본다

지워진 다리들이
비가 내리는 산책로에 우산을 같이 쓰고
가만가만 걸어가는 것일까
아니면 걸음을 멈춰 마주 보고 있을까

아무도 보이지 않는다
담배 두 대, 커피 한 잔

그리고 오후의 카페를 나선다

언젠가 비가 왔고
비에 젖어 눈을 뜨던 길들이
소리 없이 등 뒤로 사라진다.

신들의 놀이터

태초에 말씀이 있어도 좋고
장엄한 노을 아래 배경음악을 까는 것도 좋겠지
삼면을 장벽으로 세우고
한쪽은 바다가 좋아 평화로운 바다 지중해

대낮의 길거리 아무 데도 도망칠 곳이 없는 거리에
아이들이 달리면서 손을 흔들어
날아오는 비행기를 향해 키득키득 웃으면서 손을 흔들어

하마스의 로켓탄을 던져봐
그리고 이스라엘의 열화우라늄폭탄도 몇 개
백린탄은 반짝반짝 폭죽처럼 아름답지
밤의 커튼 아래로는 신성한 달빛을 좀 흘려줄까

무너진 콘크리트 더미 속
철근이 꽃대처럼 목을 뽑아 내다보는 거기
어린 사내아이의 연한 뱃가죽에서
삐져나온 창자를 물고 가는 개
포도알처럼 달콤한 소녀의 눈을 파먹는 쥐들

끔찍하게 즐거워서 으스스 소름이 돋는 놀이터
이 풍성한 성찬에 당신들을 초대하고 싶어
유서 깊은 원한을 그윽한 향불로 피우며
멀리서 아주 멀리서 바라봐, 붉은 피와 흰 뼈가 검게 타고
증오가 다윗의 별로 빛나는 그곳.

8번 출구로 가는 길

−테오티우아칸

막 도착한 행성열차에서 사람들이 내린다
이 골짜기는 별빛이 우박처럼 쏟아지는 곳
태양의 피라미드를 보며 낮에는 루드베키아가 피고
달의 피라미드를 보며 밤에는 달맞이꽃이 피고
한 떼의 환승객과 어깨를 부딪치며
엇갈리는 걸음으로 스쳐 가야만 하는데
그렇게 사람의 운명이란 빗나가는 것일까
불타버린 도시 신의 도시에서 온 사내
그는 떠돌이 악사, 8번 출구 골짜기 그늘에 서서
펜플루트를 분다 그가 연주하는 악기에서 한 줄기
연기처럼 천 년의 하늘이 퍼덕이며 흘러나온다
그 밤의 신전 위에 잠자는 독수리 접은 날개가 고요하다
이 행성에서 건너편의 행성으로 가기 위해서는
계단에서 졸고 있는 저 불의 잠을 깨워서는 안 된다
우리가 죽으면
바람은 우리의 몸을 거두어 흙으로 만들고
사람의 죽은 몸은
언젠가는 다시 밤에 나무로 자라날 것이다
죽음의 거리를 건너가는 저 그림자, 그림자들
스크린도어 앞에 한 줄로 옥수수처럼 늘어선

이 사람들은 잠시 후 사라질 것이다
바람이 되어 8번 출구에서 시작하여
골짜기를 범람하는 펜플루트 선율을 타고
아득히 꿈꾸는 섬을 향해 이제 막 떠난 행성열차에
그는 천 년 전 자신의 영혼을 실어 떠나보냈다

루체비스타

깊은 서랍 속 내 4B 연필이 그리고 싶은 것은
램브란트의 야경 밑으로 배어 나오는 따스한 추억
호수 위에 조는 아라베스크 희미한 별빛,
그러나 실연의 아픔에 머리 풀고 우는 버드나무처럼
노을이 빌딩 유리창에 던지는 거대한 실루엣을 나는 본다

어떤 새들이 노래하고
어떤 새들이 울고 갔을까 연필로 그린 새소리가
청계천 돌돌거리는 수면 위에서 지워져 가는 동안
내 속주머니엔 부쳐야 할 축의금과 조의금이
무순으로 섞여서 우체국을 꺼낸다
우체국으로 가는 길은 꼬불꼬불
철사처럼 가늘다

냉장고에 숨어서 가슴을 부여안고 조금씩 미쳐버린
검은 비닐봉지 속의 안부가 걱정스럽지만
속상한 햄과 진작 토라진 우유 팩이
골수 보수정당처럼 뭉쳐서 부패의 향연을 벌일 때,
라일락나무의 개화로부터 은행나무의 낙엽까지
나는 이 도시를 떠난 적이 없다

타르 3.0과 타르 6.0 사이의 거리를 오고 가며 선택하며
무수한 경고를 얼마든지 나는 무시하였다
어쩔 것인가
묻노니 도저한 위험은 어디에 있는가
달리는 오토바이의 속력인가 끝끝내
아프간에 뿌리내리고 싶은 선교의 야망인가

나는 살고 싶어요,
김선일의 목젖을 떨어 울리는 비참한 단말마를
돼지고기 한 근 썰어 저울에 올리듯
무슬림의 칼이 천천히 베어내고 있을 때
아담, 너는 어디 있었는가
너의 기도는 턱없이 모자라서
세금을 부과할 수 없는 영세하고 영세한 슬픔이었던가

밤에만 눈뜨는 루체비스타
허깨비의 풍경이여, 동아일보사 앞에서부터 갑자기 시작
되는
청계천에 나는 감동한다
유령 잉어가 유유히 헤엄쳐 가는 거기

산소호흡기를 물고 뛰노는 붕어와 날치들
위대한 전기의 꿈으로 이 도시는 불멸의 역사를 향하느니

친애하는 서울시립미술관 이 층과 삼 층의
어느 전시실에도 빈센트 반 고흐의 잘린 귀 한 짝을
찾을 수 없고, 그의 침실은 소실점으로 졸아들다가
마침내 감자 먹는 사람들의 입속으로 들어가서
십이월이 다 가도록 오지 않았다
네온의 십자가 아래 기도가 충분치 못한 탓이었다

보라, 루체비스타가 휘황한 이 광장 지하에는
지상에서보다 많은 사람들이
개미집의 개미들처럼 웅성거리며 여기서 스테이크를 자
르고
저기서 카푸치노를 마신다 아니, 아니,
거대한 냉장고 속 검은 비닐의 옆구리를 비집고
천 원짜리 중국산을 만나러 깊숙이 들어간다
꿈보다 깊은 마취를 즐기러 땅속 깊이 들어가는 순간
온라인으로 충돌하는 약소한 기쁨과 슬픔
허공에서 문득 파랗게 스파크를 일으킨다.

능소화를 피운 담쟁이

뜨겁게 데워진 돌벽 위에 손을 내밀었다
담쟁이의 망설임이 허공에서 파문을 만들었다
파란 물살에 문득 누군가의 마음이 걸렸다

능소화였다
먼저 키를 늘이는 담쟁이를 보고
봄부터 여름까지의 거리를 능소화는 헤아려보았다
담쟁이가 가녀린 허리를 가만히 내주었다

능소화는 담쟁이 허리를 껴안고 기어올라
한 덩어리 파아란 불길이 되어 그들은 타올랐다
사나운 비바람이 담쟁이를 흔들자
능소화도 담쟁이도 함께 흔들렸다
담쟁이는 제 가슴에 붉고 커다란 꽃송이들이 자랑스러웠다

지열이 아지랑이로 피어오르는 여름날
목을 꺾고 꽃이 떨어졌다
안아주고 몸을 빌려준 마음을 알았으므로
능소화는 한두 송이 꽃이 져도, 꽃이 져도 좋았다.

2부

푸른 심연 · 황홀한 물살 · 칼레의 시민들

모든 구름에는 은빛 자락이 있다

지워질 듯 희미한 기억이 있어
그 아스라한 기억의 물살을 더듬어
더듬어서 천리만리
바다거북 떼 지어 헤엄쳐 간다
세기말의 한 해가 저물 무렵에도

코스타리카 해안
제가 태어난 뭍을 향하여
죽을힘을 다하여 기어가 기어가서
알을 낳는다 눈물 흘린다
묵묵히 돌아서는 바다거북들

저 수평선에 덮인 구름
거북이 바라보는 세상의 마지막 풍경
모든 구름에는 은빛 자락이 있다
알을 낳고 다시 바다로 되돌아가는
바다거북 지친 눈자위
동그랗고 까만 테가 그려져 있다.

아랫것은 불편하다

쉬 잠들지 못하는 밤
이리저리 뒤척거리다가
모로 누워 칼잠이라도 청해보는데
오른 다리 아래에 깔린 왼 다리가
무심결에 뻐근해진다
고개를 돌리면 왼 다리 아래의 오른 다리가
은근히 불편해진다
잠든 아내의 다리 위에 슬그머니
내 다리를 얹어보았더니
하하 이렇게도 내 온몸이 세상없이 편안하고
깃털처럼 가벼울 수가
하지만 잠결에도 아내는 기를 쓰고 밀쳐낸다
바위처럼 무겁고 답답하다면서
끙끙 용을 쓰며
내 다리 위에 자기 다리를 걸쳐 온다
아이고 그렇구나
나무뿌리 위에 나무뿌리가 포개어져도
눈 위에 눈이 쌓여도
그림자 위에 그림자가 겹쳐져도
아랫것은 아무래도 위엣것의 반성 없이는

하염없이 부담스럽고 불편한 것을
윗물 밑의 아랫물도
그래서 천근만근 무겁게 흐르는 것을.

우리가 만나자는 약속은

사람 사는 일이란
오늘이 어제 같거니 바람 부는 세상
저 아래 남녘 바다에 떠서
소금바람 속에 웃는 듯 조는 듯
소곤거리는 섬들
시선이 가다 가다 걸음을 쉴 때쯤
백련사를 휘돌아 내려오는 동백나무들
산 중턱에 모여 서서 겨울 눈을 생각하며
젖꼭지만 한 꽃망울들을 내미는데
내일이나 모레 만나자는 약속
혹시 그 자리에 내가 없을지 네가 없을지
몰라 우리가 만나게 되는지
지푸라기 같은 시간들이 발길을 막을는지도
아니면 다음 달, 아니면 내년, 아니면 아니면
다음 세상에라도 우리는 만날 수 있겠지
일찍 핀 동백은 그렇게 흰 눈 속에
툭툭 떨어지겠지
떨어지겠지 단칼에 베어진 모가지처럼
선혈처럼 떨어지겠지
천일각에서 담배 한 모금 생각 한 모금

사람 사는 일이란
어제도 먼 옛날인 양 가물거리는
가물거리는 수평선, 그 위에 얹히는
저녁놀만 같아서.

오페라의 유령

노래의 날개 위에 극장이 있고
도취의 하늘이 거기 떠 있었다

내 사랑의 깊이는 지옥보다 깊어서
오, 두려워라
저 푸른 심연을 소라고둥처럼 내려가고
내려가면 거울의 방
소용돌이 속에 떴다 가라앉고
가라앉았다가 다시 떠오르는 섬이었다

갈채는 거미줄이 되어
샹들리에를 휘감아 흔들더니
내 심장이 터질 듯 슬픈 날이었다
우레처럼 떨어져 산산조각이 난 샹들리에
죽음의 오페라는 막을 올리고

나는 가면을 벗을 수 없었다
눈부신 삶을 노래하는
디바의 발치에 무릎을 꿇고
절망에 입 맞춘 내 입술로 지옥의 사랑을

하소연해도 부질없을 뿐

이제 나의 노래는 어둠 속에
삐걱이는 층계와 벽 속에 숨어 있느니
그대가 바라보는 거울 뒤에 숨어 있느니
춤추며 노래하는 그대여
그대의 발길을 희미한 꿈결로 따라갈 뿐
그림자처럼 거미줄처럼.

병 속에 고양이를 키우세요

수박 맛있지요
열매가 둥글다는 상식을 넘어
네모난 수박은 상식보다 맛있을 거야
정사각형 틀 안에 가두고
키운 멋진 수박
처럼
네모난 유리병 안에
새끼 고양이를 키워보실래요
부드럽게 부드럽게
새끼 고양이를 병 속으로 유인하세요
얼른 병마개를 닫은 다음
두 개의 빨대를 끼우세요
하나는 먹이를
또 하나는 배설을 위한 장치
들어가면 나온다는 철학을 위한 장치
사랑도 정기적으로 확인이 필요하듯
가끔씩 뼈를 유연하게 하는 약물을
투입하기도 하면
귀여운 고양이는 병에 맞춰 자라지요
자라면서 끝내는 유리병 모양이 된다나요

사뿐한 도약 호기심 많은 질주는 거세된 채
적응한다는 것이 얼마나 훌륭한 미덕인지
고양이는 잘 알지요
분재 고양이 아니 본사이 키튼
네모난 고양이를 보세요
얼마나 정직하고 우아한지요
죽을 때까지 유리병에 갇혀서
동그란 눈을 깜박이는 본사이 키튼
당신의 맨션에 살아서 빛나는 소품
본사이 키튼.

붉은 사막을 건너는 달

친절한 억압만이 눈 가리고 손 내미는 시대
모래바람 치솟는 하늘 아래
내가 너를 만난 것은 뜻밖의 행운이었다.

배스킨라빈스의 나이 서른하나가 너무 늦은 거라면
내게 남은 건 아무것도 없어요,
너는 내게 말했다.
언제고 그렇다, 너무 늦은 건 아니다.
죽음이 내일 쓰나미처럼 떼 지어 닥쳐올지라도
오늘은 늦은 게 아니지.

어디로 갈까, 가야 하나
붉은 사막을 맨발로 건너가는 달을 보았느냐.

창밖으로 흰 눈을 내다보는 호랑가시나무는
알알이 붉은 열매를 매달고
겨울 건너 봄 한 철을 또 견디는 것을
나도 잘 안다.

문제는 상처일 뿐.

뼈에 가까운 상처는 지혈이 어려워
그런 상처만 아니라면
저 붉은 사막을 나는 걸어갈 수 있겠다.
낙타가 없어도
내가 낙타가 되어서 가야 하지 않겠느냐.

붉은 사막에 걸쳐지는 보랏빛 구름
그림자를 넘어서면 거기
물결 소리도 나직하게 평화로운 곳,
모쿠슈라, 둥지 속에 새처럼 네가 잠든 곳.

풍란

벼랑 끝 바윗돌에 붙어 꿈꾸다가
내려다보는 저 아래에는
물새 울음 한 점 흐르지 않고
붉은 산호도 보이지 않는다
바다가 없으므로
나는 비명도 못 지른다
검푸른 바위옷이 발치에서 말라간다
이 밤에
나는 위험하다
벌거벗은 뿌리에 본드를 칠하고
매끈한 먹빛 수석 위에 결박당해
붙어 있다 십자가의 예수처럼
수반 위 세 치 높이에서
한 줌 물안개도 피지 않는 허공이
천 길 벼랑인 것을
차라리 나에게
목숨을 날릴 태풍을 다오
뛰어내릴 쪽빛 바다를 다오.

이스터 섬의 바위얼굴

그물을 끌어 올리면
섬들이 살아서 파닥거린다
은비늘 몇 장
허공에 부호처럼 떠서 해풍을 거느리고

망망한 동쪽
해류가 밀어붙이는 곳
흰 산호에 흑요석 눈동자가 빛나는
거대한 모아이
석상들이 상체로 걸어온다

일찍이 화산에서 태어나
제 발로 해안까지 걸어온 그들은
턱을 치켜들고 무한 허공을 바라본다

헐벗은 인간의 마음이
불가사의한 그들의 시선 끝에서
수백 광년 전
태평양 상공의 별을 볼 뿐.

산수유꽃 피기 전

산수유꽃 피기 전
해야 할 일 못다 한 것이
바람 속에 왜 이제사 생각나는지

아프다
아픔을 견디다
혼자 눈 떠보는 밤이 있다

어떤 나무의 죽은 가지에
새 속잎이 돋는 걸까
아프게
연초록의 어린 사랑이 피어나는 걸까

오래 잊었던 일
새록새록 죄다짐으로 살아나서

아픔의 잎잎이
내 안에서 돋아난다
사금파리처럼

때로는 붉은 번개로
창자를 긋는 밤이 있어
눈뜨는 홑겹의 외로움이 슬프다.

누락

어디서 빠져나왔을까
아침에 방을 쓸다가 빗자루에 걸려
뒹구는 나사 하나

주방에서 발견된 쇠붙이
팥알만큼 작지만
아무래도 위험한 누락

전기밥솥의 수상한 밑창에도
싱크대의 경첩에도
빠진 구멍이 없는데

누가 나를 찾았을까
내가 외출하고 없는 동안
빈 아파트에서 울렸을 전화벨 소리
빠져서는 안 될 중요한 시간에
나는 빠져나왔을까

시내버스에 앉아서
휴대폰을 귀에 대고 껄껄거리는

낯선 사내의 뒤통수를 보다가

문득 퓨즈가 나가버린
내 기억의 나사 하나를 들고
고개를 갸웃거리는
엘리 엘리 나의 하느님.

거리에 비를 세워두고

시월은 안사돈들이 나란히 나와서
혼례의 촛불을 밝히는 달,
우리나라의 단풍은 이 한 달을
북에서 남으로 걸어서 내려오느니
휴일에는 한 줄금 비를 데리고

빗속에 우산을 들고
플라타너스 잎 지는 거리에 나서면
우중충한 소문들도 잠시 귓전에서 멀어진다
우산 하나로
헛되고 욕된 세상을 비껴갈 수야 없지만

새벽마다 길섶 찬 이슬로
더욱 맑아지던 풀벌레의 울음소리
이 차가운 빗속에
한꺼번에 사라져버린 것은 아니리

거리에 가을비를 세워두고
찻집에 들러 혼자라도 좋으니
잘 끓인 커피 한 잔을 천천히 맛보며

월명 시인의 제망매가
몇 구절을 떠올리고 싶느니.

호박꽃 속에 갇힌 벌

무슨 일인지 모른다
나는 꼼짝하지 않고 집 안에 틀어박혀
숨을 쉬고
밥을 먹었다 주말이면
알 수 없는 기류 일단이 만삭이 되어
무등경기장 일대와 지산동 부근에서만
비를 풀었다
베란다에 나가 보면
완강하게 시야를 차단하는 맨션아파트의 허리가
늘 눈썹 위에 있었다
주말마다
검은 색안경을 끼고 티브이 속에서
씻나락 까먹는 귀신들
엠비시에서 케이비에스에서
이쪽에서 저쪽까지 모조리
점령해버렸는데 새벽의 계엄군처럼
아 나는
이 여름에 부르고 싶은 노래가 없다
올라가서 옥상에서 하늘로 까마득히
올라가서 카스트라토로 까무러치게

부르고 싶은 노래가 없어서
투항한다 환멸이여
살려다오
내게는 무기가 없다.

보랏빛 남쪽

오랜 가뭄 끝에 내리는 비는
싱싱한 초록이다

보랏빛 남쪽
하늘을 끌어다 토란잎에 앉은
청개구리

한 소쿠리 감자를 쪄 내온
아내 곁에
졸음이 나비처럼 곱다.

고양이 떼

집에는 결코 돌아가지 않으리라
한데서 날밤을 새운 지 몇 달이던가
저 깊은 가슴속에서
오래 잊었던 짐승이 눈을 뜬다
아침저녁 두 차례
때를 챙기는 시혜施惠엔
인제 넌덜머리가 난다 구린내가 난다
비린 생선 한 토막에 철없이
몸을 떨며 내던진 헐값의 자존심
등을 긁어주던 달콤한 추억일랑
더 이상 우리를 속일 수는 없느니
한밤의 아파트 주차장에 숨어 있다가
우리들 결사의 단호함으로
떨쳐나서리라 사라져버린 쥐새끼들처럼
분노로 쌓여 있는 쓰레기 부대를 향해
찢어서 헤칠 발톱을 세우고
푸른 번개를 번뜩이며.

가을에 관한 소견

명상하는 침묵 한 닢 스스로 깊어져서
세상의 중심을 향해 떨어진다
지난여름 알에서 깬 벌레의 꿈이 아우성처럼
조금씩 짙어질 무렵
죽은 자의 이름이 깃발이 되어
햇빛 속에 자욱하게 나부꼈다
그것이 잊고 있었던 우리들의 무감각을
폭포처럼 후려치고
가스가 부글거리는 일상의 늪에서
불편한 안정을 건져내고 있을 때
플라타너스 꿈틀거리는 줄기에선
보이지 않던 하늘이 돋아나고
겨울의 성좌를 앞세운 사계의 수레바퀴가
잊어버려, 잊어버리라고
푸른 각성의 이슬을 털어낸다 소리 없이
부질없는 아픔을 털어낸다
초록에서 쓰디쓴 엽록소가 다 빠질 때까지.

봄 회상

찻물을 끓이며 생각느니
그리움도 한 스무 해쯤
까맣게 접었다가 다시 꺼내 보면
향 맑은 솔빛으로 내 안에서 우러날거나

멀리서 아주 멀리서 바라보기엔
천지에 봄빛이 너무 부신 날
이마에 손가리갤 얹고
속마음으로만 가늠했거니

보이는 듯 마는 듯
묏등을 넘어 푸르릉푸르릉
금실을 풀며 꾀꼬리가 날아간 하늘

누님의 과수원에
능금꽃 피던 날이었을거나
능금꽃 지던 날이었을거나.

기계도시속에서

도시에는비가내립니다
정오입니다
철로가소리없이비에젖습니다
들어오는열차도나가는열차도없습니다
비가내립니다
시내버스도그많던택시도보이지않습니다
아스팔트넓은도로에
사람들이띄엄띄엄부호처럼걸어다닙니다
따르륵따르륵전화다이얼이저혼자살아서
시내에서시내로걸려갑니다
비가내립니다
도시는거대한전염병동
시뻘건웃음소리가검게탄건물의벽에서
거미줄처럼나직이새어나옵니다
비가내립니다

이것은 꿈입니다

- 칼레의 시민들

전라도의 오월 하늘입니다
마약처럼 우울합니다
어디선가 아스라이
울음소리 떼 지어 들려옵니다
한 사람의 눈물이 칼에 찔리고
두 사람의 눈물이 구둣발에 뭉개지고
열 사람, 백 사람의 눈물이
박살 난 채 내던져지는
이것은 꿈입니다
벙어리들이 울고 있습니다
멍든 심장에 쇳덩이를 무겁게 매달고
수천수만의 벙어리들이 모여
한 덩어리로 울고 있습니다
벗기어진 알몸인 채
두 손이 묶여 있습니다
어디론가 아스라이
강철의 불길 속으로 끌려가는
피투성이 울음소리, 울음소리
아닙니다
이것은 꿈입니다

밤이면 밤마다 꽁무니에 불을 단
총알이 날고
유리창 밖에 죽음이 서성이는
오월의 전라도 광주
아카시아 향기가 저주처럼 풍기는
철길엔 열차가 끊어지고
시외전화도 끊겼습니다 아아, 형님
보고 싶은 누님
여기는 지도에 없는 섬입니다
허공에 떠 있는 섬입니다
내려갈 길은 보이지 않고 올라오는 길도
지워져 버린
오월은 아직 이승의 계절입니까
말 못 하는 벙어리들 피 묻은 울음소리를
당신들은 들을 수가 없습니다
별보다 먼 나라에
그리운 당신들의 안부가 있습니다
까마득한 하늘에서는 알 수 없는 삐라가
칼춤 추며 까물까물 내려오는데
쇠사슬에 묶인 칼레의 시민들은

오늘 다시 이 땅에 청동의 발걸음을 내어딛는데
햇볕만이 침묵으로 타는 학교 둘레
돌담에 기대어
장미는 핏방울로 툭툭 피어나도 좋습니까
아닙니다, 아닙니다, 아닙니다,
이것은 꿈입니다 아득한
석기시대 야만의 꿈입니다.

카인의 새벽

새벽이었다.

헬리콥터의 프로펠러 소리
전차의 캐터필러 소리
소리에 소리가 섞이며
점점 가까이 다가오고 있었다.

투항하라, 투항하라, 투항하라,
눈이 시린 하늘 하느님보다 높이 뜬
군용 비행기에서
아카시아 꽃잎 같은 전단이 떨어져 내리는데
피레네의 성을 빠져나간 이웃은
이 새벽 저 소리를 들었을까.

쥐새끼처럼 처참하게
옆구리에서 창자가 삐져나와 죽어버린
젊은이의 얼굴은
온통 페인트로 회칠돼 있었다고
말해주던 친구도
그 새벽에 울고 있었던 것을.

라디오에선 〈콰이 강의 행진〉도 경쾌한
오월의 새벽.

밤이면 밤마다 이불을 뒤집어쓰고
아흐레 동안을
우리가 기다린 것은
빈주먹이나 불끈 쥐어보는 아 허망한
한 줌의 비겁,
소리 없는 눈물이었던가.

이윽고 문밖 어디쯤에서
검붉은 총성이 빗발치기 시작했다.

초등학교 담벼락에
붉고도 붉게 장미꽃이 피어난 것을
며칠이 지난 뒤
살아남은 우리는 아무 일도 없었던 듯
무심히 지나쳐 갔다.

배반의 세월 속에

누가 우리들의 머릿속에서
광주를 빼내어 달아나고 있다
누가 우리들의 머릿속에서
광주의 오월을 빼내어 달아나고 있다
인간이기를 거부한 자들에게
죽음으로 항거한 피투성이 금남로를
누가 우리들의 머릿속에서 빼내어
달아나고 있다
배반의 세월 속에 십 년이 지나고
누가 광주를 팔아 오월을 팔아
싸구려 분단장을 하는가
동지가 아니면 적이라고 싸늘히 선언하며
돌아서는 당신인가, 당신인가, 당신인가,
오월이 오고
하얀 아카시아꽃 무더기 속에
또다시 오월이 피어나도
암장된 새들은 다시 돌아오지 않는다
우리들의 머릿속에는 오늘
쓰레기로 꽉 들어차서
장미꽃 같은 함성도 지워져 버리고

빗발치는 총알을 고스란히 맨몸에 받아
탄흔도 선명하던
그 새벽의 건물도 허물어지고 없다
태극기를 가슴에 두른 채
달려가던 그들은 어디 있는가
지켜져야 할 가장 순수한 인간의 마음을
온몸으로 껴안고 달려가던
그들은 어디 있는가
배반의 세월 속에 십 년이 지나고
우리들의 머릿속에는
일확천금의 지푸라기로 가득 차서
그것 보라구, 킬킬킬 웃어대는 소리가
우리들 바보의 머릿속 어디선가 들려온다.

까마귀 떼 날다

올림픽 준비 이상 없음 오바

서울특별시 강남구 청담동 삼익아파트
상공에 불온 기류 떠 있음

두 시간 전부터
쑥색 포니 승용차로 대기 중

중앙경제신문 사회부장 오홍근
아파트를 나오고 있다

새꺄, 군사 문화가 어떻고
공권력이 어떻고 또 씹으면 재미없어
새꺄, 꺄, 까욱! 알아서 기라구
라구, 라구, 으아악!

칼은 펜보다 강하다 알갔어
팔팔년 팔월 육일 공칠시 삼십분, 과업 끝

날씨 좋고

올림픽 준비 이상 없음 오바,

까아욱!

조개

산다는 것은
맨몸으로 소금밭을 밀어가는 일이었다.

캄캄한 뻘흙 속
진실은 눈을 떠도 보이지 않는다.
발가벗은 몸뚱이에
머언 먼 파도 소리 새겨져 갈 때
흐린 물살에 쓸려
슬픔도 저와 같이 풀려가는지.

아니다! 아니다!
소리치는 혀에 꽂히는 모래알
모래알의 아픔이 살을 찢는다.
언제쯤이랴,
죄 없이 찢어지는 이 아픔도 닳아져서
둥글고 은은한 빛이 되는
그런 날이 온다면.

산다는 것은
뻘흙 속에서, 캄캄한 뻘흙 속에서

손 닿지 않는
천상의 등불을 찾아 헤매는 일이었다.

지상의 봄

별이 아름다운 건
걸어야 할 길이 있기 때문이다.

부서지고 망가지는 것들 위에
다시 집을 짓는
이 지상에서

보도블록 깨어진 틈새로
어린 쑥이 돋아나고
언덕배기에 토끼풀은 바람보다 푸르다.

허물어낸 집터에
밤이 내리면
집 없이 떠도는 자의 슬픔이
이슬로 빛나는 거기

고층 건물의 음흉한 꿈을 안고
거대한 굴삭기 한 대
짐승처럼 잠들어 있어도

별이 아름다운 건
아직 피어야 할 꽃이 있기 때문이다.

뇌 없는 여름

뇌 없는 아기가
태어난다
태어나기도 전에
뱃속에서 녹아버린다
아이스크림처럼.

이 여름에
사상이 없이 태어날 수도 있는
하늘의 축복이여.

백두산과 한라산 사이에
섭씨 삼십 도가 넘는
무지한 여름이 있고
판문점이 있고, 판문점에도
바람이 분다.

이 여름의 무식한
바람을 엑스레이로 찍어보면
정치적이다
아니다, 뇌가 없다
씨 없는 수박처럼.

떠도는 이를 위하여 1

그러면 이제
썩은 살을 벗어놓고 돌아가야 할 때
키를 낮추어 흘러가는 물소리
처서處暑 지나 백로白露로 가는 길에
그리운 사람 곁을 흘러라.

헛되이 불어 가는 바람
보고 싶다, 보고 싶다고
익어가는 낟알의 이삭 끝에 부서지는데

산길 굽이돌면 박하 향기, 깻잎 향기
우리 고운 인연의 향
푸르게 젖던 그대 음성도
햇살 아래 잘 마르리.

지난봄
조등弔燈이 비치던 그대의 집 문간에
한 벌 외로움도 마저 벗고
밤이면 북쪽 하늘 맑게 떠서
소리 없이 흐르는
별이여, 잠 없는 꿈이여.

3부

우리나라 날씨 · 전라도 시인

저녁 비가悲歌

이 나라 목판본木版本의 가을
한쪽으로 기러기 떼 높이 날아
칼끝처럼 찌르는 일 획의 슬픔

— 갈대여.

끝끝내 말하고 죽을 것인가.

어리석은 산山 하나
말없이 저물어 스러질 뿐
역사란 별것이더냐
피 묻은 백지, 마초 한 다발.

우리나라 날씨

우리나라에도 사계四季가 있습니까.
아닙니다.
우리나라에는 겨울이 있고
여름이 있습니다.
겨울에서 여름으로 가는 길목에
흑염소 몇 마리 풀을 뜯고
여름에서 겨울로 가는 내리막길엔
보신탕 몇 그릇 땀 내고 있지요.
고속버스를 타고 떠나보면
당신도 아시게 됩니다.
영하 이십 도와 영상 사십 도의
왕복 여행 속에
겨울 혹은 여름이 있고
감기 몸살에 젖는 봄, 가을은
너무나 희미합니다.
우리나라에는 분명한 겨울
분명한 여름이 있을 뿐입니다.
분명해서 대단히 죄송합니다.

북풍北風

힘세고 까다로운 놈은 피해서
헐벗고 만만한 자의 살에
부딪쳐보고 싶었다.
채찍으로 내려치는 눈보라에 등을 밀리어
미루나무 몇 그루
밤길을 가고 있는 변두리 마을
불빛 새는 처마 밑으로 스미고 싶었다.
내 고달픈 하루의 꿈을 끄고
그리움에 몸을 부비고 싶었다.
창틀마다 나직이 비척거리는
헐렁한 잠꼬대들
엷은 이불자락을 들추다가
홀로 눈 뜨고 살아가는 부끄러움이여
부끄러움이여
굳게 잠긴 도시를 열고 소리치며 달려가
수도꼭지 속에 차라리
캄캄하게 얼어붙고 싶었다.

데사파레시도스

어머니 새벽안개에 옷깃을 적시며
부에노스아이레스
오월의 광장에 와서 울고 있는 어머니
인제는 그만 우셔요
흰 꽃들의 아침을 위하여
돌아오지 않는 우리들의 이름일랑 그만 부르셔요
사람은 한 번 죽는 것
비겁한 자는 여러 번 죽지만
용감한 이는 단 한 번 죽을 뿐이라고
누군가 그런 말을 했었지요 어머니
추악한 전쟁에 휘말려
다이너마이트로 산산조각 난 우리들의 꿈
온몸에 총알을 맞고
구멍투성이로 쓰러진 우리들의 사랑
짓밟히고 짓이겨져도 우리들의
더운 피는 마냥 붉게 타올라
조국은 아름다웠습니다
아, 첫 번째 모음의 나라 아르헨티나
마취된 채로 발가벗겨지고
한꺼번에 몇 명씩 묶여 조국의 하늘 높이 떠서

대서양 깊은 바닷속으로 내던져진 생죽음
다시는 부르지 마셔요
어머니 품을 벗어 나온 우리들의 이름을
더 이상 눈물로 부르지 마셔요
비둘기는 오전의 정부 청사 지붕에 올라
햇살 속에 드러난 맨발이 뜨거워서
먼 하늘을 바라보며 웁니다
우는 것이 어찌 비둘기뿐일까요
날지 못하는 우리들의 말
팔을 잘리고 다리를 잘린 우리들의 말도
입술을 잃고 허공에서 떠돌아
안개 속으로 밤의 어둠 속으로
희미하게 날며 웁니다
울긋불긋 저들의 가슴마다 빛나는 무공훈장
모진 독재의 군화에 채어
아기를 몸에 지닌 당신의 젊은 딸이 능욕을 당하고
건초처럼 시든 엉겅퀴처럼
스러지기도 했지요 어머니
울지 마셔요
한꺼번에 파헤쳐진 공동묘지

비록 우리가 뼈와 슬픔으로밖에 어머니를
대하지 못한다 하여도
아르헨티나는 우리들의 조국인 것을
용서해주셔요
오늘의 역사는 어제의 것에 보태지는 것이 아니라고
역사는, 오늘의 역사는
처음부터 새로이 쓰이는 것이라고
누군가 그런 말을 했었지요 어머니
갇힌 지하실에서 껴안은 불길도, 불길 속의 죽음도
두렵지 않았어요
역사를 위하여…… 아닙니다 아닙니다
이성이 가리키는 올바름을 위하여
영원한 사랑을 위하여
끝내는 지켜져야 할 인간의 순결한 자유를 위하여
단지 그뿐이었지요
겨울에 오히려 더운 피가 도는 부에노스아이레스
오월의 광장에 와서 울고 있는 어머니
산비둘기 빨갛게 울고 있는 맨발
우리들의 어머니
인제는 그만 우셔요

전나무 빽빽한 안데스의 이마를 스쳐 가는
저녁 햇살이 곱고
어린 양치기들의 휘파람 소리 들려오거든
아르헨티나를 온몸으로 사랑하였던
불길 뜨거운 당신의 아들딸들을
기억해주서요
부르면 목이 메는 조국의 이름과 함께
기억해주서요 가장 아름다운 기억으로,
오 어머니.

* 1976년부터 4년간은 아르헨티나 군사정부의 살인 부대가 수천 명의 정치
범을 잡아 학살했던 시기다. 민정이 들어선 이후 1984년 1월에 그 당시 실
종된 희생자들의 시체 6백여 구가 암매장되었던 곳이 발견되기도 했다.
'데사파레시도스'는 실종자들이란 뜻. 그 무렵 부에노스아이레스에 있는
정부 청사 앞 '오월의 광장'에는 실종자들의 어머니들이 통곡을 하며 자식
들의 생사라도 알려달라고 호소하기도 했었다.

귀

길이 끝나는 곳에서
바람이 일어난다
바람보다 투명한 우리들의 귀.

하찮은 이야기에도
놀라기를 잘해
잠자는 시간에도 닫히지 않고
문밖에 나가 쪼그려 앉는
가엾은 우리들의 귀.

이 세상 어디선가
총성이 울리고, 사람이
사람이 눈 부릅뜬 채 거꾸러져도
전혀 듣지 못하고

수도꼭지에서 방울방울
무심히 떨어지는 물방울
그 동그란 소문 속으로 들어가 버리는
편리한 우리들의 귀.

해 지는 곳으로 가서

해 지는 곳으로 가서
살고 싶다
아들아
우물에서 냉수 한 바가지
벌컥벌컥 마시고
잎 진 감나무 한 그루를
활활 태우고 넘어가는
저녁놀 속에
나도 잎 진 감나무 한 그루로
서고 싶다
해 지는 곳에서
꿈같은 그리움을 부비며
하룻밤인 듯 남은 목숨을 태워
거기서 살고 싶다.

백작 이완용의 달

국초菊初*여
눈물을 버리고, 노예의 뼈를 버리고
대지 삼천의 반도 위에
소슬한 집 한 채 짓고자 하느니

명월관을 거치고 태화관을 거쳐도
도무지 취하지 않누나
밤이면 밤마다
꿈속에서 칼을 물고 눈 부릅뜨는
봉두난발의 거북한 놈들
그대도 보는가, 국초여

뒷 물결이 앞 물결을 밀어내는
긴 강의 흐름
역사란 얼마나 헛되고
부질없는 허깨비 놀음이랴

흔들리는 한 나라를 끝끝내 지탱할 길은
아무 데도 보이지 않는데
썩은 슬픔을 쌓아둔들

낟가리가 되랴
장작바리가 되랴

항시 새것을 세우는 자의 발치엔
묵은 것을 지키는 자의 어리석은
원한이 깊거늘
오늘 밤 그대가 쓰는 한 줄의 문장 위에
몇 마리 까마귀라도 울게 하라
쓸쓸한 개명천지開明天地의 달을
국초여, 나도 보리라.

* 이인직의 호. 신소설 작가 이인직은 친일 매국노 이완용의 비서였다.

떠서 흐르는 것이 상한 물고기뿐이랴

떠서 흐르는 것이
어찌 상한 물고기뿐이랴.
불편한 호흡으로 견뎌온 우리들의 반생이며
괴질처럼 번지는
이 땅의 소문과 은근한 손가락질도
우수 경칩 실뱀으로 한데 엉키어
떠서 흐른다.

금지 수역의 부표로 떠 있는
섬.

앞을 보고 뒤를 보아도
썩은 먹이를 좇아서 우르르우르르
몰려다니는 들쥐* 떼,
길어나는 이빨을 그놈들이 갉작이는 소리
밤낮으로 갉작이는 소리.

밤낮으로 씩씩한 근육들이
계절도 없이 야성의 수풀로 자라 무성하고
허깨비 같은 경세제민과

116

잘한다, 잘한다는 박수 소리만 요란하더니
편들고 부추기는 다스림만이
뻣뻣한 줄기로 자라날 뿐.

심야의 야구장에서 터지는
멋진 홈런, 혹은
일그러진 얼굴에 작렬하는 어퍼컷 한 방이
우리들 뼈아픈 각성의 괴로움에
정신없이 구멍을 뚫고 마는
여기는 스파르타인가 아테네인가.

굳센 근육질의 해가 뜨고
근육질의 해가 지는
섬.

화살표를 따라 부는 바람.
꾸역꾸역 기계를 빠져나와
이름도 성도 다른 신문지들이 씹고 있는
하품 같은 세월 속에
아슬아슬한 줄타기

뛰고 나는 재주가 없어
구린내 나는 중용의 부채로 얼굴을 가리고
카멜레온처럼 우리들은 울고 웃는다.
쉽게 사는 방식이 즐거워서
운다. 웃는다.

떠서 흐르는 것이 상한 물고기뿐이랴.
마비된 신경을 너풀거리며
우리도 모두 아가미를 벌리고 떠서 흐른다.

* "한국인들은 어떤 지도자이건 그 뒤를 좇는 '들쥐' 같은 습성이 있다."
  — 1980년 5월 광주 이후 당시 주한 미국 대사의 말.

초산楚山
-정읍에서

송룡굴에서 멀리 하평리로 꿈틀거리며 흐르는 물줄기는 상리 어귀에서 항시 머뭇거렸지. 초산의 검은 산 빛깔이 그 상리의 물에 실려서 어노 어허노, 어여 넘자 어허노, 한 꺼풀씩 소리하며 풀리고. 그래, 일대의 강변엔 풋돌만큼씩한 돌멩이들이 햇볕 아래 뜨겁게 타고 있었지.

잔돌들을 헤집고 손가락으로 모랫바닥을 긁으면 손톱 밑을 파고드는 핏빛. 웅덩이를 파는 조무래기들의 등허리에 햇살은 갑오년 죽창처럼 빛나고, 조금씩 차오르는 물웅덩이 속에선 누런 아우성이 황톳빛으로 일렁였지. 칭칭 똬리를 튼 구렁이가 잠을 깨듯이, 백 년 묵은 울음을 게워내듯이.

참 이상도 하여라. 싯누런 흙탕물 속 어디선가 명주실보다 가늘고 고운 생수가 기어이 터져 나오는 일은. 이윽고는 말갛고 말간 물이 웅덩이에 가득 괴어 맨살의 아픔을 씻고, 초산 한 덩어리를 담고 수련히 떠오르는 것은.

청산후곡 靑山後曲

어제 하루 산에서 운 새는
오늘 다시 물에서 울지 않는다

슬픔은 연역될 수 있을까
새의 모가지는
물음표로 굽어 있다

한여름의 공습경보에도
놀랄 줄 모르고
사할린 상공의 폭발*에도
놀랄 줄 모르고
그 어떠한 폭발에도!
새는
놀라는 법을 알지 못한다

어제 울고 간 새는
산으로 가버리고
오늘 다시 날아온 새는
물 위에 뜬 구름을 본다

믿어보고 싶은
아무것도 없는 가슴으로
무서운 절망의 가슴으로
새는
공포보다 시린 하늘을
날고 있다 무의미한 시간을 향해
온몸으로 날아가고 있다.

* 1983년 9월 1일 새벽의 대한항공 여객기 격추 사건.

팬지꽃
-광주, 1980년 5월의 꽃*

허공에 높이 떠 있습니다.
내려갈 길도, 빠져나갈 길도
흔적 없이 사라진 뒤
소문에 갇힌 섬입니다.
살려주세요, 살려주세요, 살려주세요
한 주일 만에 나선 오후의 외출에서
꽃 상자 속에 담긴 꽃들을 만났습니다.
서양에서 들여온 키 작은 꽃들
가혹한 슬픔을 향하여
벌거벗은 울음빛으로 피어 있었습니다.
말 못 하는 벙어리 시늉으로 피어 있었습니다.

* 원제는 「光州, 1980년 5월의 꽃」이었으나, 계엄 검열을 피해 《월간문학》
  1980년 10월호에 「팬지꽃」이란 제목으로 발표했다.

전라도여, 전라도여

1
거덜이 난 고향,
서울에서 대학을 나오고
유창한 서울말을 구사하러
친구는 서울로 가버렸지.
컬컬한 막걸리를 버리고
드는 낫을 버리고 친구는
도시로 나가 운전을 배우고 맥주도 홀짝이고
그러고는 택시 운전수가 되었지.
월남에 가서 아슬아슬한 목숨을 달랑이며
친구는 달러에 맛을 들이곤
변해버렸지.

거덜이 난 고향,
사우디아라비아로 더러는 아주아주 멀리
서독으로 미국으로 건너가 버리고
전라도는 누가 지키나.
차마 못 버리는 에미 애비의 땅에 서서
한 그릇 찬밥 덩이 앞에 죄 없이 떨리는 손으로
비굴을 배우고

양심 같은 맹물을 마시며
불러볼 노래도 없이
고개를 수그리네.
전라도여, 전라도여.

2
이 나라의 가장 후진 사람들의 눈물이
모여 흐르는 곳
백 년을 질척이는 개땅이여, 오 개땅이여.
황산벌에서 찢어진 마지막 깃발이여.
무너질 아무것도 남아 있지 않은
이 땅에서
나는 차라리 무너지고 싶구나.
아편꽃 빨갛게 타는 백제의 해를 보며
황해로 지는 해를 보며
오월에 나는 무너지고 싶구나.

할머니는
정화수를 떠놓고 신새벽에 빌었지.
구리궤짝 속에 엽전 꾸러미 시퍼렇게 녹이 슬도록

빌고 빌었지.
갑오년 난리 속을 뛰쳐나간
할아버지를 기다리고 있었지.
고부 두승에 봉화가 오르고
갈재 갓바우에 봉화가 오르고
무돌에도 계룡에도 봉화가 오르고
휘황히 빛나는 함성 소리에 귀가 먹어
할머니는 귀머거리가 되었지.
황토마루 슬픈 파랑새 울음
할머니는 이냥도 귀머거리.
새야 새야
울지 마라.

3
아버지가 끌려가고 있었지.
먼 데 개 짖는 소리 속으로
그 어둠 속으로 아버지는 끌려가고 있었지.
우리사 아무 죄도 없응게,
걱정 마라, 후딱 오마.
어머니는 행주치마로 우리를 포옥 감싸고

울고 있었지.

총소리, 폭격 소리에
돌담 위의 호박 잎새 숨죽이는 여름날
강변엔 뙤약볕만 먹고 자란 뱀딸기
핏빛으로 익고 있었지.

전라도여, 전라도여
발길질에 차이고 피 흘리다가
밤을 도와 달아 나온 내 아버지여.
아버지의 까칠한 턱수염
내 뺨을 비비고 부르르 떨리더니
먼 데서 개 짖는 소리 들리더니
귀신들 도깨비들, 수지니 날지니
해동청 보라매 휘이휘이 다 날아가 버리고
개 짖는 소리 데불고
밤늦은 길을 이제는 내가 돌아가네.
시든 바람 속을 내가 돌아가네.

4

시름 많은 사람들의 흥얼거림

저 바람 속에 들리는 것을.

설움빛까지 드러난 황토 흙에 부리를 씻고

새야 새야, 울어라 새야.

열 굽이 스무 굽이

바람도 목이 쉬고

검게 탄 바윗돌이 울먹이는 산마루

철쭉꽃 같은 철쭉꽃 같은

봉화가 오른다.

한 무더기 철쭉꽃이 타오른다.

북소리, 고함 소리

관솔불 높이 이글거리는 밤

새야 새야

울어라 새야.

녹두꽃 흐드기는

샛바람을 따라 새털구름을 따라

짚신발로 뛰어가던 황톳길

할아버지 죽창 들고 거꾸러진 벌판,
나이 어린 빨치산이 부르튼 발을 안고
숨 거둔 골짜기, 새야 새야
울어라 새야.

5
산 적적, 흰 그리메
불같은 그리움을 다스려
칡 넌출 벋어 간 곳,
전주에서 솜리까지 밤길 칠십 리
칼날 선 내무서원 눈길을 피해
달아 나온 아버지의 맨발
삼베 잠방이, 거뭇한 수염 그리워.

지금은 비어 있는 마을
젊은 놈들은 도시로 가고
잘난 놈들은 돈 벌러 가고
약은 놈들은 등을 치러 가고
쑥떡만 남아서 지키는 고향.
웃으면 눈이 이쁜 가시내들

과자 공장으로 다방으로 술집으로
더러는 밑천도 팔러 다 떠나가 버리고
비어 있는 마을에 햇살은 고와
어어이 부르면
어어이 뒷소리로 넘기던 모내기는 누가 하나.
전라도여, 전라도여.

만세 만세, 만세 소리에
가슴이 미어지던 할머니의 삼월도 가고
사월도 가고
슬픈 오월 하늘.

6
발치에 섬진, 영산강을 두고
제 설움에 돌아눕는 만경, 금강을 다독이고
크막하게 갈재가 뻗쳐
솟은 재를 넘는 옛날도 옛날
소금 장수 시들어진 가락에
무더기무더기 찔레꽃도 피고
산도둑놈 거친 숨소리에

소쩍소쩍 새도 울어라.

달하
먼발치로 내다보고 섰는
혼곤한 꿈빛의 고향이여.

이 나라의 가장 후진 백성들의 한숨이
모여서 삭는 곳
오늘도 질척이는 개땅, 오 개땅이여.
한 그릇 찬밥 덩이 앞에들 놓고
죄 없이 떨리는 손으로 수저를 들고
그래도 남은 사람들끼리
꿀꺽꿀꺽 돌려 마시는 한 사발의 찬물
시리고 아픈 이 나라의 어금니여.

리사이틀

노래의 끝이 닫히고
박수가 터져 나왔다.
막이 내리고
무대 뒤에서 엉큼한 분장을
지우고 있을 때
남의 눈물을 한 꺼풀씩 한 꺼풀씩
뜯어내고 있을 때
휘파람 소리가 나를 불러댔다.
이 사람들은 내일 다시 오지
않는다. 내일은 또 쾌락에 굶주린
또 다른 사람들 앞에서
새로운 눈물을 달고
노래해야지. 달콤한 짝사랑과
아슬아슬한 춤을 보여줘야지.
눈치 빠른 놈들이 발을 끊기 전에
새로운 노래를
연습해둬야지.

냉장고를 노래함

삼 년 전 월부로 사들인 냉장고
아래층에
달걀 한 줄과
김치 한 단지,
곯아버릴 수도 없고 시어버릴 수도 없이
억지로 억지로 싱싱한 체함.
이 층에는 오십 원짜리
싸구려 아이스크림 세 개
학교에서 돌아올 우리 아이들을
조용히 기다리고 있음.
내가 마실 맥주 몇 병과
아내가 마실 오렌지주스는
처음부터 부재중.
아내와 나는 이 대형 냉장고 곁에
쪼그리고 앉아 미소 지으며
사진 찍기를 좋아함.
문을 열면
짜고 매운 한국의 냄새뿐이지만
그러나 문을 닫고
잠자리에 누워서도 하염없이

냉장고를 사랑함.
열려라 냉장고, 열려라 냉장고,
아이들은 열렬히 마술의 문에 매달려
꿈꾸며 노래함.

통화 중

파이로 번스나 루 아처가 나오는
추리소설을 읽고 있지요.
살인자는 젖빛 안개 속에서
안질에 걸린 빨간 눈을 내놓고 있어요.
요즈음 신문을 읽으세요?
당신은 농담도 퍽 잘하시는 분
멋있어요. 그리고
세련되고 쎄련되었어요.
나 당신한테 반하고 싶어요.
우리 유언비어를 좀 나누지요.
당신의 것과 내 것을 맞바꾸기로 해요.
신문은 통 재미없어요.
노상 거짓말이고 터무니없이 부푼
풍선만 가득가득
그래요, 구겨진 휴지 뭉텅이만
내 머릿속에서 날마다 부스럭거려요.
눈이 좀 내릴 것 같지요?
추리소설에 맛이 들어서
허튼 소문의 바람에 맛이 들어서
우리나라 사람들의 이야기도 재미있데요.

잠이 들면 알아요.

베개가 너무 높아서

휴지가 조금씩 머리에서 흘러나오고

다 망가진 활자의 꿈이

베개 밑에서 좀벌레처럼 고물거려요.

남행南行 길

서울에서 정읍까지
적막한 직선으로
눈이 내린다.
영하 오 도의 슬픔으로 내린다.
검은 고속도로 위에
도로 정비를 하는 늙은 인부들의
오렌지색 제복 위에
삼륜차로 달달거리는 가난한 이삿짐 위에
내린다.
창밖을 바라보는
나어린 작부의 취한 눈망울
떠나온 방직공장 기숙사 지붕 위에
손금처럼 말라붙은 만경강 줄기 위에
갈까마귀 북풍 속을
떼 지어 날아가는 남행 길
반도의 하반신에
어루만지듯 눈이 내린다.

밤 버스를 타고

절망으로 가는 길만이 터널처럼 뚫린다.
겨울밤을 달리는 버스의 전방
아우성처럼 부딪쳐 오는 눈보라 속을
벌거벗고 뛰어가는 우리들의 마음,
흉측하고 거대한 손이
이 시대의 하늘에 떠서
주시하고 있다.
벗어날 생각은 말라
너털웃음을 날리면서 날리면서 떠 있다.

밤길

율리야, 너에게 주려고
동화책을 샀지.
양심을 두 개씩 달고 살아가는 슬픈 사람들이
술에 취해서
이 겨울도 비척이는 밤
밀감이며 바나나 그득한 과일상회랑
신나게 요란한 백화점, 제과점을 지나
율리야, 너에게 주려고
동화책 한 권을 샀지.
서둘러서 돌아가는 사람들 틈에 끼어
구십 원짜리 시내버스를 타고
차창 밖 까맣게 젖어서 흐르는
네모난 밤을 내다보았지.
아빠 아빠,
삼십만 원도 안 되는 선생 노릇을
아빠는 뭐하려고 십오 년씩이나 해?
식구들 몰래 눈물을 지우던
딸아, 내 어린 딸아,
쉬운 말로 설명할 수 없는 매운바람 속
아빠가 들고 가는 이 작은 선물이

하루만이라도 곱다란 기쁨이기를.
추운 사람들이 내뿜는 하얀 입김
유리창 밖 웅크린 풍경 위에 가만가만 덮이고
소주에 취해서
길고 긴 겨울은 술병처럼 흔들리지만
율리야, 너에게 주려고
아빠는 동화책 한 권을 샀지.

이빨

-가림에게

넘쳐나는 슬픔에도 무너지지 않는다.
가장 수많고 힘센 불법에도
부러지지 않는다.
보석은
아프리카의 밀림을 떠나 도시의 금은방에
눕혀져서도 정복되지 않고
도둑놈처럼 살며시 엿보는
악질의 햇빛도 들여보내지 않고
튕겨버린다.
늙은 니코틴을 껴안고 저승에서도 홀로
꼿꼿이 빛나고 있다.
최신의 뉴스에 밀려나
어제 나타난 떼죽음은 순 가짜이고
깨물어지지 않는다.
당신의 연한 귀를 잘근거리던
관능의 촉은
그때 부드러웠으나
황소를 단숨에 삭여내는 억센 피의 율동도
어제에 지나지 못한다.
뽑혀 나간 수재들은 어디서 빛나는가.

기계의 톱니바퀴에 몰린 쥐새끼들
혹은 몇 차례의 구린 보너스에 매달려
영악한 두 눈만 반짝이는 배고픈 거미들
지혜로운 뼈다귀들은 헤어져서는
어디서 다시 모이는가.
소문 없이 떠나간 친구들은
그러나 소문 없이 돌아와 주질 않는다.
죽지는 않고
마멸된 정신을 펄럭이며
빌딩의 유리창에 주저앉는다.
불려 다니는 홀씨처럼
미아리나 청량리 더러는 영등포에서
누렇게 어정거리다가
그래도 양반인데
한 번 실수는 병가상사라지만
뛰쳐나온 집구석을 찾아가진 않는다.
바닷조개가 키운 진주의 혼은
바닷속에 살아 있듯이
질긴 혼만이 남아
죽지 않고 다만 사라져간다.

중학교 때 정학 맞은 동창
식육점을 경영하는 그 친구의
월부 오토바이에 깔리면서도
한 마디 납작하고 고운 비명조차 없이
고장 난 필름이 되어 소리 없이
소리 없이 사라져갈 뿐
튼튼한 뿌리로 한없이 견뎌낸다.

팬터마임

복날 다리 밑에서
다 타버린 새까만 몸뚱이의
개가 문득
컹컹 짖는다. 짖으면서
달린다.
잔인한 강철의 숲을 달린다.

도마 위에서
모가지를 잘린 채로
벌거벗은 닭이 문득
홰를 친다.
날갯죽지가 파닥거린다.
절망의 숲을 향하여 달려간다.

목소리, 까맣게 타 죽은
우리들의 목소리가
재떨이 속에
대가리를 잃고 으깨져 있다.

하수구를 뚫으며

원한보다 질긴 폭력이 조직적으로
꽝꽝 다지고 뭉친 모양이다.
좁고 캄캄한 하수구 속에 틀어박혀서
위에서 아래로 흐르는
물의 흐름을 완강히 거부하는 것,
아래로 흐르는 물길이 막혀서
물은 부엌 바닥을 기어오르고
대문간의 문지방까지 넘보고 있다.
무엇일까,
촘촘한 수채 그물로 배추 이파리랑
질긴 찌꺼기들을 걸러내곤 하였는데,
아내의 법망에도 걸리지 않고
빠져나간 불순분자가 있는 모양이다.
꽉 막힌 하수구 속을
철근으로 쑤시고 쑤셔서 끌어낸 것은
정작 확고한 조직도 없이
머리를 감을 때마다 실없이 빠져나오던
머리카락, 혹은 신경만 남은
야채의 섬유질,
그랬구나.

힘없는 너희들이 무서운 절망으로
소리 없이 뭉쳐 있었구나.
낮은 데로 낮은 데로 흘러가는 물살에 잠겨
소리 없이 뭉쳐 있었구나.

칙어勅語

저잣거리에 장꾼들이 모여든다.
꾸역꾸역 외로운 것들이 말없이
검고도 붉은 설움이
간으로 모인다. 피가 모인다.
불가마처럼 짐의 가슴은 뜨겁다.

백지에 먹물이 기어가듯
침전에 날이 저문다.
숨어서 우는 계집들이 찾아오는 때
달빛이 도림사의 대숲을 떠올린다.
대숲을 질러오는 피리 소리
피리 소리 같은 발자취.

어서 오라
수굿이 대가리를 흔들며
오라, 달빛 번득이는 비늘을 세우고
뭇으로 모여들어
선혈보다 서늘한 너희의 붉은 혀로
짐의 가슴을 덮어다오.

가위눌린 백성들의 납작한 지붕 위에
짐의 손이 내려지듯
아수라阿修羅의 딸들이여
소리 없이 나부끼는 너희의 혀를 드리워
금빛 잉잉거리는 짐의 잠을
가려다오, 뱀이여, 뱀이여.

검은 달이 쇠사슬에 꿰어 올린 강물 속에

은빛 서걱이는 강변에
바람 부는 갈밭, 검은
달이
애드벌룬처럼
기나긴 쇠사슬 끝에 매여 있다.

― 임금님 귀는 당나귀 귀, 임금님 귀는 당나귀 귀

갈대는 여기저기서
단칼에 허리가 꺾인다.
허리 아래 드러난
복두장이의 피 묻은 너털웃음이
비비 꼬여 달아난다.
쇠사슬을 절컥이며 절뚝절뚝 달아난다.

검은 달이
쇠사슬에 꿰어 올린 강물 속에
앙금으로 남은 귀엣말
시퍼렇게 녹이 슬어 인양된 뒤.

물상物象

한 컵의 물이 공중에서 엎질러진다.

물은
침묵이 무서워서 저희끼리 부둥켜안은 채
공처럼 떠 있다.

무서움과 무서움으로 결합된
물의 혼은
허공에서 일순 유리공의 탄성을 지닌다.

여섯 개의 하늘*

번개가 친다. 유리창에
무명無明으로 뻗은 길이 보인다.
길은 뱀처럼 꿈틀거린다.
소리치는 바람,
은사시나무 가장귀에 매어달린 바람은
등 뒤에서 일제히 비수를 던진다.
소리 없이 허공에 꽂히는
칼끝에서
하얗게 피 흘리는 길,
하얗게 절명絶命하는 길을 따라
바람을 따라
휘파람새가 날아간다. 새는 부리 가득
한 장의 어둠을 물고,
어둠의 뒤에서 한 송이 만다라화曼陀羅華가 핀다.
번개가 친다.
유리창에 어룽지는 꽃잎,
만다라화 넓은 꽃잎이 뚜욱뚝 시들어
여섯 가닥의 길이 탄다.
여섯 개의 하늘이 열린다.

* 〈불교〉 욕계欲界의 여섯 하늘, 육욕천六欲天.

150

4부

불꽃·이상기후

비 오는 날의 소네트

-눈먼 사내 F

그대 쓸쓸한 마음의 전역에 비는 내린다.
천의 바람을 거느리고 천 개의 유리창을 두들긴다.
빗속으로 사라지는 산 자의 마지막 말,
조용히 나는 유리창 밖을 내다본다.

일찍이 우리는 서로 사랑하였다.
뛰는 고동 소리를 아끼고, 만남의 오랜 동안을
휘어진 밤에 실어 보냈다.
돌아와 나는 시를 쓰고, 얼굴을 묻고 그대는 기도하였다.

한 달 동안의 깜깜한 시간을
상자 속 같은 방에 드러누워 나는 마시고
지난날의 어리석은 야망을 찢어 태웠다.

눈먼 사람처럼 더듬거리며 빗물은 기어 내리고
나는 어두운 복도에 서서 바라본다.
죽은 풍경이듯 우리는 씻겨 흐르고 있었다.

대운동회의 만세 소리

I

여기서는 세기의 어둠을 톱질하는 소리가 잘 들린다. 아주 잘 들린다.

II

폭풍 더미의 사이렌이 병사들의 가슴을 후벼 팔 때
땅굴 속 그는 수정 같은 설편雪片을 보았다.
겨울이 없는 땅에서, 그의 고향은 펄펄 솟아오르고 있었다.

콘크리트의 균열 진 음색으로 노래하라,
화약을 먹고 피는 꽃이여
귀기 서린 진홍의 꽃이여.

그때 그가 마지막 본 음울한 하늘에서는
문명한 새들이 날고 있었다. 새들은 비명보다 진한
폐허를 교미하고 있었다. 그것은 암벽을 녹이는 뜨겁고도
뜨거운 정염이었다.

III

유년 시절의 대운동회는 즐거웠다.

비취로 물든 건강한 하늘 아래에서 모자를 젖혀 쓰고 말을 달렸다. 북소리 북소리,
땀 젖은 환호성을 펄럭이며 둥둥 두둥둥 울리는

북소리, 쇠북 소리, 달리는 말굽 소리 아편꽃이 흥건한 대지에 드넓은 만주의 호밀밭에
울려 퍼지는 고구려의 고동 소리.

Ⅳ
흥정을 마친 상선은 돌아오지 않고
남지나해 더운 몸부림이 잠을 쫓는다.
해안을 껌벅이는 새들의 붉은 눈빛이 머루알처럼 익어만 가고

아름드리 기둥을 향하여 벌 떼처럼 아이들은 모여들었다.
유년 시절의 대운동회는 즐거웠다. 사탕엿보다 달고 맛난 고함에 묻혀
그는 눈부신 태양을 이마에 댄 채 팔을 벌렸다.
그 가늘고 세찬 팔뚝에 엉겨 붙은 평화를 힘껏 포옹했다.
몸채만 한 기둥은 기울어지기 시작하고, 조국은 조금씩

그렇게 균열이 지고 있었다.
 그러나 유년 시절의 대운동회는 즐거웠다.

 고원을 치달리는 우람찬 승전고,
 뽀얗게 날리는 햇빛 가루를 몸에 칠하고 삼림처럼 무성한
고구려의 사내들……

 V
 삼림처럼 무성한 우계雨季가
 그의 우러른 눈망울에 어리우고

 휴전 고지의 캐터필러 자국마다 쑥꽃이 피었다 지고
 엄청난 사연으로 초병은 울고 있었다.
 짐승처럼 울고 있었다.
 유성流星이 가만가만 어깨에 내려앉는 겨울 하얀 눈구렁
속에서
 조국은 떨고 있었다.
 겨냥해야 할 진정한 적敵이 없는 지도 위에 엎드려
 초병은 비운을 울고 있었다. 울고 있었다.

VI
무감각한 함성과 파도와 잘못 말려들어 간 꿈속에서처럼
그는 비운의 상처를 끌고 포복해 갔다.
이글대는 태양을 이마에 느끼고, 그가
드디어 곤두서 있는 기둥 나무를 끌어안았을 때

내뻗은 두 손은 갑자기 가지를 쳤고, 그리하여
수많은 촉수를 지닌 벌레가 되어 그는
태양을 침몰시키고 있었다.

서서히 그 아름드리 기둥 나무는
그의 치미는 힘에 의하여 굴복하였다.
둥둥 울려 퍼지는 함성은, 북소리는
이내 그의 뜨거운 맥박이 되어 기운차게 뛰놀았고, 유년
시절의 대운동회는 즐거웠다.

그때 그는 보았던 것이다.
어두운 남지나의 적의에 찬 땅굴 속에서
꿈틀거리는 고향의, 꿈틀거리며 솟아오르는
하얀 설편을 보았던 것이다. 유년 시절의 대운동회, 쏟아

지는 북소리보다 흰 고향의 눈을.

VII

끊임없이 들려오고 있었다.
끊임없이 해안선을 날며 불꽃 같은 새들은 교미를 하고
끊임없이 세기를 절단하는 톱질 소리는 들려오고 있었다.

콘크리트의 균열 진 음색으로 노래하라,
화약을 먹고 피는 꽃이여
귀기 서린 진홍의 꽃이여.

그 힘찬 고구려 사내의 포옹은 끈끈히 굳어버리고
비린내를 풍기며 그는 한 마리의 갑충이 되어 자빠지고
말았다.

톱질 소리는 더 크게, 더 크게 들려오고 있었다.

폭풍 더미의 사이렌을 항상 불어대는
조국의 새하얗게 눈 덮인 군사분계선의 어느 초소에
유성이 가만가만 내려앉을 것이다. 잃어버린 기억의 고원

에도

　아름다운 겨울이 반짝일 것이다.

　어디선가 병사는 조국을 어깨에 메고

　비운을 겨냥할 것이다.

　짐승처럼 몸부림칠 것이다.

Ⅷ

　먼 데서도, 선택된 전쟁이 끝나가고 있는 아주 먼 데서도

　세기의 어둠을 톱질하는 소리는 잘 들린다. 아주 잘 들린다.

　대운동회도 저물고, 즐거웠던 유년 시절의 대운동회도 이
미 저물고

　아이들의 만세 소리만 스산하게 스산하게 파도에 씻기
운다.

불꽃 1
-슬픈 영혼 위에

소멸해야 하는 것들 곁에서
여섯 날 여섯 밤을
나의 잠은
가혹하게 잘려 나간다.
인어의 혀처럼 잘려 나간다.
여섯 날 여섯 밤을
장미의 꽃잎 속에 찰랑이는
세이렌의 물결이다가,
살은 살대로 피는 피대로 나뉘어
외로운 항해를 한다.
유랑하는 무형의 안개 자욱하고
슬픈 것들의 나직한 영혼 위에
나는 가만히 떨구어본다.
한 방울의 빛나는 아픔을,

불꽃 2
−신데렐라의 밤

내 귀여운 신데렐라의
순결은 맨발이다.
맨발로 뜨락에 내려선다.
바람은 자정이 되자
좀 더 키를 낮춘다.
환상의 성을 빠져나간다.
신데렐라가 떨어뜨린
유리의 조바심은
일대의 꽃들을 흥건히 적신다.
그 나긋한 허리에 닿아
투명한 꽃말이 된다.
보이지 않는 여자의 진실은
꽃잎처럼 오므라진다.
내 야반의 불꽃 속에 오므라진다.

불꽃 6
– 목에 걸리는 외로움

인간을 믿나요?
이렇게 말하는 너의 말에는
뼈가 들어 있다.
밤이 깊어지면 나는 그것을 안다.
까마귀 떼가 서쪽으로 날아가는
이 비안개 속에서
너의 말의 뼈가 목에 걸린다.
희디흰 너의 외로움을
등 뒤에서 나는 찌를 수가 없다.
너의 말은
타오르는 석웃불,
밤이 깊어지면 나의 말은
그 불에도 타지 않는 씨가 된다.
인간을 믿나요?
내 말의 씨는 떨구어진다.
불꽃 속에, 네 작은 영혼 위에
광물질의 뿌리를 내린다.
자욱한 바람이 분다.

불꽃 15
-한밤의 질문

어디선가 진정한 기도 소리가 들린다.
순금의 회상이 시작된다.
문밖에서는 바람이 불고
부드러운 어둠이 이방의 도시를 지나온다.
소리 없는 폭우 속으로 들이 달리고
촛불 속에 깜박거리는 동양의 산문,
내가 읽다 만 고전의 문장이
문득 장미의 불에 날개를 적신다.
마음속에 잠자지 않는
그대 자정의 뒤척임도 사라져갔다.
내 마음속에서는 인제 아무것도
울지 못한다, 내 마음속에서는.
풀밭에 떨어지는 희미한 별빛
벌레 울음소리마저 깊이깊이 파묻히고
한 마디 대지의 흐름을 빌려
불은 내게 묻는다.
안에서 내다보는 캄캄한 혼란과
밖에서 들여다보는 눈부신 질서를.
마음과 마음 사이에 서성거리는
시간의 어두운 그림자,

내 몸 안에 전 생애의 그늘을 던지는
진정한 목소리가 들린다. 흔들린다.

불꽃 21
– 흐르는 물에 달을 떠내려 보내듯이

기침을 할 때
옆구리에서 피가 나온다.
두 사발쯤
정결한 그릇에 피를 나누어 담아
말씨가 바른 사내아이와
계집아이가 태어남을 본다.
그대가 일천의 강에 발을 적시고
울어도, 온 가을을 넉넉히 울어도
건질 수 없는
저녁 산에 스치는 구름 같은 것,
만 리 밖에
퍼덕이는 대숲의 푸른 비 울음 사이로
숨탄것들이 내뱉는
작은 울음실이랑 분분한 자취소리,
만 리 밖에 어둑히 선
마음이여, 모두 놓아주어라.
그대 발끝에 놓이는 한 벌의 그림자
그림자만으로
이 세상의 적막을 못 가리우랴.
흐르는 물에 달을 떠내려 보내듯이
노래로써 노래를 풀어 내리듯이.

뱀 1

전근대적인 꿈을 꾸었지.
진리에 약한 나는
허물을 벗어버리고 문득
대들보에서 내려왔었지.
양귀비꽃이랑 작약꽃 붉게 핀
꽃밭에 들어가니
웬일로 꿈이 그립지 않고
시암가의 석류나무 가지 사이로
흰 햇발이 걸려 울고 있었지.
돌밭이 보고 싶었지.
돌밭을 맨살로 달리는
이쁜 쥐새끼들이 사륵사륵 보고 싶었지.
지붕 위에서는
가문의 허무한 호령
내 허물은 옷고름처럼 바람을
날리며 있었지.
꽃들이 노려보더군.
돌과 돌이 이빨 허옇게 빛내며
불 번뜩이며
나를 쫓아오더군. 쫓아와

내리찍더군. 아픔 위에 아픔을
내리찍더군.
비틀거리며 찾아든 그늘에는
빠알간 바다가 원한으로 꿈틀거리고
벌어진 입 속에서는
한꺼번에 꽃잎이 쏟아져 나왔고
온몸 위에 소금과 목마름이 빗발치고
빗발치고 있었지.
일국의 태양이 서쪽으로 가고 있었지.

밤 3

울어라,
경운기를 타고 공장 큰애기들이 지쳐서 돌아오는
바알간 논둑길
고구마 한 개를 들고 손 흔드는
나어린 슬픔을 향하여
산 너머 산 너머로 아무렇게나 지고 피는
풀꽃을 향하여
가시덤불에 긁히면 살 한 점 주고
채찍에 터지면 살 한 점 주고
남은 살점, 남은 피를 다하여
울어라, 살아서 자라나는 무지한 것들을 향하여
서리 칼빛 울음을 울어
농협의 양철 지붕에
웅크린 나락 다발, 시들어진 노랫가락에
서리를 내리고
버리고 떠난 논배미에 흉년을 내리는
싯누런 늘메기*의 울음을
울어라, 울어라,
죽어서도 못다 풀 남도의 시름
지키다 쓰러져 황소울음을 우는

여기는 끝끝내 캄캄한 땅
울어라, 저승 푸른 달빛을 물고
열두 발 어둠 속에 뜨건 피로 울어라.

* 능구렁이의 방언.

할멈의 눈

까마귀이거나 지네일 것이다.
할멈의 딸도 할멈이니까 할멈은
동학 난리 때 죽은 남편의
목구멍을 파먹은 백 년 묵은 지네일 것이다.
밤들면 대가리 벗어진 새들이 날아와
할멈의 눈에서 푸득거린다.
파란 엽전 꿰미가 구렁이처럼 사렸던
저 녹슨 돈 궤짝에
지금은 쌀과 보리가 한 말쯤 있지만
내 방의 천장에 붙어 기어 다니는
할멈의 눈은
축축한 내 비밀의 하류를 온종일 떠내려가고
스무 살 나던 해의
뒷산 상수리나무에 내가 새겨놓은
그 부끄러운 이름도 보았을 것이다.
국회의원 선거 때 삼백 원을 받고
무효와 유효의 사이를 눈 감고도 화안하게 걸었고
의사인 외손자에게 부치는 편지를 다달이
백 년 묵은 말로써 내게 불러주며
가장 똑바른 길을 일러주는

할멈의 눈은
내 미래의 아내의 고무신의 밑바닥에 붙어서
보퉁이에 숨은 빨간 바지도 내다보고
숨죽여 끓고 있는 부엌의
미역국 속의 쇠고기 몇 점도 들여다본다.
내가 외출하고 없을 때마다
과부인 내 어머니에게 미끈거리는 눈짓으로
"설 쇠고 아들 장가보내여."
고전적인 충고도 하고
뒷간에서 나오다가 나와 마주칠 땐
끝끝내 수줍은 내외를 하고 마는
할멈의 눈은
초례청의 은은한 촛불이 타고
새벽 우물에 뒤웅박을 띄우는 할멈은
봄에서 가을까지
호박씨의 깊이와 배추씨의 깊이를
쪼아 먹는 까마귀이거나
동학 난리 때 칼 맞아 죽은 남편의
목구멍을 파먹은
백 년 묵은 지네일 것이다.

불길 속의 마농
―1972년*의 비망록

어지러워요 저 불길
당신의 사랑은 너무너무 높아서 어지러워요
저 불길을 누가 좀 잡아줘요
어려요 저는 어리고 당신은 높으신 분
말 많은 당신을 누가 사랑해요
사랑해요
잊어버리세요 저것들
거렁뱅이들의 소동쯤 당신의 거대한 배짱으로
밀어버려요 불도저로 밀어버려요
까짓 양복점 직공의 항변쯤 눈감으면 그만
벗어놓은 제 브래지어로 차라리
눈을 가리세요
보지 마세요 듣지도 마세요
무시해버려요 말짱 미친놈들만 박테리아처럼
박테리아처럼 우글거리는 이 도시의 공기는
담배보다 해롭고
구 할이 외상이에요
타네요 이 시디신 공기
악질의 근성 근대식의 멋진 연애가
아주 잘 타네요

늦잠 자던 산타클로스가 저 봐요
뛰어내리네요 나비처럼 사뿐히
불길 속을 뛰어내리네요 자꾸만 자꾸만
어지러워요 어려워요 어려요
절 놓아주세요
닥치는 대로 부수고 닥치는 대로 세우는
미끈한 당신의 폭력
한 번 두 번 세 번이나 속고 또 믿어요
믿을 수 없어요
놓아주세요 절 좀 놓아주세요
이렇게 높은 창틀에 올라서면
저는 여왕이에요 난초 열 끗이에요
뛰어내릴 테요 금리처럼 단호히 내릴 테요
아주 잘 타네요 저 불길 잘 타네요
함부로 말씀하시면 곤란해요
누가 듣고 있어요
이 도시는 빈 놋그릇처럼 울려요 날마다
꽝꽝 울려요 하늘도 땅도
울려요 어지러워요
어디서 오셨나요 당신의 유니폼이 겁나지만

뭘 드시겠어요 총을 들고 버티겠어요
저는 당신의 포로 그래요 마농예요
주간지에서 절 보셨다구요 아이 기뻐요
밤이 되면 전화 걸어주세요
저기 오빠가 달려와요
절 죽이러 허겁지겁 달려오고 있어요
어지러워요 막 타네요 저 불길
농축된 당신의 욕망이 프로판가스처럼
치솟아 오르면서 타네요
세계에서 제일 쓸쓸하고 화려한
돈 돈 돈자천하지대본이 타네요
어지러워요 어지러워요 저 불길
붙잡아 주세요 아무도 없나요

* 1972년은 유신維新의 해. 이에 앞서 1970년 정인숙 피살 사건, 전태일 분
  신자살, 1971년 12월 25일 대연각 화재 사건 등이 있었다.

대결

덤벼라
쾌락에젖은너의혀를잘라주겠다
일천구백육십구년가을
벤체슬라스광장에뿌려지는소련제군화의
가랑잎과난데없는자기배반의눈물을
보여주겠다모든바른길을봉쇄하고야마는
끝끝내의파멸과파멸과파멸을
분질러진바른소리가돋아나고
배추씨처럼다시돋아나는것을보여주겠다
유능하고꾀많은졸개들의군단을이끌고나와
새로운고수의검술을보여라
잘라지지않는수풀에숨은사이비의복병과내통하고
합법적인대낮에소신있는바람도데려오라
데려와서덤벼라
한국의땅과하늘은한국의
해와달을내뱉을뿐
금빛보다날랜속임수당당한조직을휘몰고
덤벼라칼을들어라

이사벨

-샤를 아즈나부르의 상송

생각해보렴, 이사벨
길고 긴 겨울밤을 뚫고 툰드라에서 달려오는
우편마차의 방울 소리를.
그 노란 칸델라 등이 흔들리는 강기슭
금빛 깃의 새들이 파닥이며 파닥이며
환상의 궁성으로 날아가는 모습을.
이사벨,
이 아침 강물은
유리보다 마알간 숨을 쉬며
나직이 흐르고 있구나. 젊은 날의 노래처럼
생각해보렴, 이사벨
안개 속에 검은 망토를 걸친 그 겨울의
혹독한 슬픔,
슬픔은 키 큰 전나무 가지도 꺾었지만
다시 살아나는
이 파릇한 목소릴 들어보아라.
졸아드는 촛불 아래 혼자 앉아서
오히려 더운 상념의 이마를 짚는
흑발의 애인, 이사벨
네가 쓴 마지막 편지를

이 강변에 나와 다시 읽는다.

마른 빵을 뜯으며 장미의 포도주 한 잔을 그리던

너의 하루는,

너의 소중한 젊음의 한 소절은

그렇게 외로웠구나.

생각해보렴, 이사벨

차단된 국경처럼 이 강은 얼어붙고

얼어붙은 강을 나는 건넜다.

그로부터, 몰아치는 백설의 오 캄캄한 안부

다친 짐승처럼 사납게 울며 헤매 다니던 나달이었다.

어디에고 새로운 법과 강압과 절망뿐인 지역에서

침묵과 소리 없는 반란을 훔치며

혁명보다 뜨거운 사랑으로 여기 달려와

달려와서 너를 부른다. 이사벨

어두운 겨울만이 죽음의 폐허를 달리는

거기에서 들리느냐,

꽃빛 수줍게 물드는 네 귓가에 내 목소리 들리느냐.

흐르는 강물에

생애를 짓밟던 어지러운 말굽 소리가 실려 가고

피의 영광도 실려 가고 마는 것을.

이 강물에, 이사벨
인제는 온 강에 가득 네 조용한 입술 웃음이
실려 오는구나.
허리 꺾인 나무에는 가지마다
기어이 생의 아픈 눈이 터 오는구나.
자유의 함성처럼 피어나는 금빛
나팔수선화, 저 언덕의 흐드러진 꽃망울 사이사이
피를 머금은 바람 속
네 가녀린 몸짓이 보이는구나.
이사벨. 이사벨. 이사벨.

이민 가족

떠나자, 떠나가 버리자.
목을 졸라 붙이는 아니꼬운 원칙과
더럽고 더러운 비공식에서

홍시 감처럼 붉은 마지막 황혼 아래,
일본말과 한국말로 지나온 생애의
구차한 표정을 감추며.

누이는 갔다.
이 땅에 살 실력이 없어서
가여운 누이는, 웃으면서

그래도 금수강산을
수놓은 병풍 두 폭을 안고
갔다. 살기 위하여, 내 누이는

노여움만 부글거리는
한국의 지평을 넘어
달랑달랑 네 마리 토끼를 데리고.

빨간 기타를 치는 여자

싫어요 눈으로 하는 구식의 이야기는
스물네 살인걸요 목매달릴 진실을 가지고 계시면
내 귀여운 클리토리스를 깨워주세요
깨워주세요 복숭아에 단물이 스미듯이
지난달 월급으로 새로 맞춘
판탈롱을 입고 나갈 테요 거리로
온몸이 떠내려가는 기쁨을 찾아
남국의 불의 춤을 추고 싶어요
바라보지도 말아요 자가용의 은밀한
룸 라이트 아래
유혹이 될 알맹이예요
시시해서 선생님 얘기는 너무
너무 우스운걸요 그것 봐요
노란 화란식 양옥집을 가지고 계시나요
응접실이 있고 이 층에는 자줏빛 커튼
이른 봄부터 피는 장미의 정원을
볼 수가 있어야 해요
밤마다 가든파티를 열고 나는
아름다운 호스티스
빨간 기타를 칠 테예요

눈부신 이브닝드레스를 입고서
센티멘털 자니를 노래 부를 테예요
선생님같이 꾀죄죄한 충성은 지겨워요
넌덜머리가 나요 인생은
오늘부터예요 기타를 배워야 해요
웃기지 말아요 그런 케케묵은 여자가 어딨어요
사 년 동안 서울에서 배워 온 방식을
유창한 서울말의 구사를 알아요 나는
알아요 스물네 살의 여자는 진리예요
진리에 순종하세요
선생님이 삼손이래도 어쩔 수 없어요.

어린 왕자

내 어린 날의 몽당 크레용을 주세요.
까슬까슬한 흰빛 도화지에 나는 그리고 싶어요.
밤 검은 산에서 혼자 돌아오던
아홉 살의 보랏빛 산길을
비 갠 날 거미줄에 걸리어 잉잉거리던
방울 무지개와
연잎에 돌돌거리는 누나 고운 눈빛이랑
등나무 아래로 등나무 아래로 어룽지던 연둣빛
일요일의 심심한 하모니카 소리도 그리고 싶어요.
내 어린 날의 색종이를 주세요.
불쌍한 네로 소년이 살고 있는 마을의
그 붉은 풍차를 오려 붙이겠어요.
바람 부는 날 팔랑거리는 옥색 대님도
내 손바닥을 간질이던 눈 까만 강아지 이름도
인젠 다아 기억할 수가 있어요.
소아과 병원에 끌려 들어가면
싸아하니 밀려오는 하이얀 병원 냄새
뺨 비빌 때 콕콕 찌르던 아버지의 턱수염도
안 잊혀요. 영영 안 잊혀요.
내 어린 날의 몽당연필을 주세요.

나는 적고 싶어요.
양지바른 골목길을 졸랑졸랑 달려오는
기쁜 발소리
이이는 사, 이삼은 육…… 이이는 사, 이삼은 육
등에 멘 책가방 속에서
잠자리표 연필이 꽃구슬과 만나는 소리
곱셈과 나눗셈이 밤늦도록 소곤거리는 소리를.
내 어린 날의 좋은 기억을 주세요.
그 어려운 병이래도 좋아요. 아주 다 주세요.

율리, 율리

어두워진 겨울의 차창에서
불빛은 섬처럼 떠오르고 있었어.
스물다섯 살 아무렇게나 깊어진
내 청년의 골짜기
빨간 루비의 꽃들은 흰 눈 속에
얼굴을 묻고 있었어, 율리.
야간 버스의 흐려진 유리창에다
나는 당신의 이름을 썼어.
내 손끝에는 웬일로
당신의 은백의 슬픔이 묻어나고
긴 눈이 내리는 밤
더운 차를 홀로 마실 적엔
추녀 끝에 매달린 날카로운 고드름의 촉
방울방울 맺히는 당신의 불면을
나는 가만히 엿들었어.
겨울 산에서 함께 돌아오던 날
내 몸속의 잔신경들이 풀어져
흐르는 것을 보기도 하였지만
눈 속엔 더욱 차고 말간
환상의 꽃잎들이 흐르고 있었어.

품어볼 어떤 야망도 없는 시대
세상의 구석진 어느 곳에서는
힘차게 힘차게 평화만이 무너지고 있는 때
율리, 당신은 까만 외투 깃을 세우고
찬바람 속에 웃으며
겨울을 나야 하는 작은 새처럼 쓸쓸히
나를 기다리고 있었어.
말하여지는 것은 진실이 아니라고
음악보다 낮게 당신은 글썽거렸어.
문 닫힌 겨울 찻집 앞에서
길길이 얼어붙은 분수를 바라보다가
어쩔 수 없이 나는 깊어져 버리고
율리, 율리, 내 가슴속으로는
끝없는 눈다발이 펑펑 쏟아져 내렸어.

깊은 밤 눈이 내린다

도시의 밤은 열 시에 일어난다.
붉고 푸른 배꼽을 떨며, 도시의 뿌리는
아래로 아래로 잦아든다.
내 여인은 키가 작아, 나는 그 조브장한
어깨 위에 내려앉는 제멋대로의
독립을 본다. 어깨 너머로
어깨 너머로 흩날리는 내 청년의 한때를 본다.

미움과 아픔을 수족처럼 놀리며
밤은 흐르고
새롭지 않은 외투를 껴입고
새롭지 않은 악담을 하고
새롭지 않은 물건들 틈에 끼여
끽소리 없이 나는 잠든다.
잠 못 드는 것들이 내뿜는 입김,
내 작은골 속을 바람 부는 비몽사몽.

울려다오.
내 몸을 어느 첨탑의 종 삼아
내 여인아, 원망의 끈을 잡아당겨

난타하여, 마침내 지친 황소처럼 울게 하여다오.
한밤중 눈뜨는 내 혼신의 피울음을
눈 속에 카랑히 울려다오.

인간의 근본을 나는 아직 믿거니,
욕망의 허연 백설 천지에 휘뿌리며
겨울은 깊어져라. 땡땡 언 도시의 창문마다에
두터운 불신의 커튼은 내려지고
설탕 속을 기어 다니는 개미 떼처럼 열심히
열심히 연탄가스가 새어 나올 때에도
잠들어 있을 내 여인의 분갑의 거울 속
숨 쉬는 유순한 허리의 모음을 깊숙이 나는 듣는다.

램프의 시

사랑하는 이여, 당신의 마음이 마른 붓끝처럼 갈라질 때, 램프에 불을 당기십시오. 그러면 오렌지 빛깔의 나직한 꽃잎들은 하염없이 유리의 밖으로 걸어 나오고, 어디선가 문득 짤랑거리는 금방울 소리가 들려올 것입니다. 희미한 옛 성이 흘러나오고 그 속에서 장난감 말 두 마리가 청색의 어둠을 펄럭이며 달려오는 것을 당신은 또 보실 수 있습니다. 검은 갈기를 물결치며 물결치며 달려오는 이 작은 쌍두마차의 뜻하지 않은 출현에 몇 파운드의 눈발조차 공중에 튀고 있습니다.

램프에 불을 당기십시오. 어둠에 얼어붙었던 모든 평화의 장식물들을 그래서 훈훈히 녹여주십시오. 성에가 끼기 시작하는 유리창에는 알 수 없는 나라의 상형문자가 나타나 램프의 요정에게 말해줄 것입니다. 비단뱀이 땅속에서 꾸는 이 긴 겨울밤의 천 가지 꿈에 대해서, 에로스가 쏘아 부친 보이지 않는 금화살의 행방에 대해서, 아아 당신 생의 의미에 대해서 말해줄 것입니다. 램프의 요정을 찾아오는 어떤 바람결에는 당신의 이름이 섞여서 나부끼는 것을 볼 수도 있습니다.

램프에 불을 당기십시오. 일에 시달려 당신의 온몸이 은박지처럼 피곤하여질 때, 뜨거운 차라도 한 잔 끓이고 있노라면 아주 먼 데서 미다스 왕의 장미꽃들이 눈 속에서 무거운 금빛을 툭툭 터는 소리가 들려올 것입니다. 찻잔 속에 피보다 진한 밤의 거품이 가라앉고, 당신의 부름에 좇아 그리운 흑발의 머리칼이 떠올라선 어두운 당신의 얼굴을 포근히 감싸줄 것입니다. 찻잔 밖으로는 돛대를 높이 단 배 한 척이 눈보라 속을 홀린 듯 흘러나오고, 고운 가락의 옛 노래와 같이 어떤 두 사람의 끝없는 발자국이 먼 해안의 모래밭 속에 가만가만 감춰지고 맙니다.

끊을 수 없는 욕심에 사로잡혀, 사랑하는 이여, 당신의 영혼이 끓어오를 때 램프에 불을 당기십시오. 그 조용한 불길의 칼에 지나온 눈물을 더하십시오. 그러면 고요의 은빛 바다가 말없이 열리고, 빨간 루비의 꽃들이 지천으로 피어날 것입니다. 한 무리의 젊은이들은 가슴 설레며 몰려가 저마다의 정다운 꽃등을 높이 든 채 바다로 나가고……. 아 그럼 사랑하는 이여, 당신도 이 겨울이 다 가도록 당신의 가장 아름다운 추억으로 나의 램프를 밝혀 들고 조용히 흔들어주시렵니까. 꺼지지 않는 루비의 램프를.

눈물, 여자의 눈물

그이의 슬픔에는 바퀴가 달려 있지.
그이의 슬픔이 내 얼굴을
건너갈 때
나는 그 바퀴를 본 일이 있다.
아니다. 그이의 슬픔은 배,
그이의 슬픔이 내 가슴속을
안개처럼 헤맬 때
나는 그 파란 돛을 본 일이 있다.
그이의 슬픔은 아직 어려서
날지를 못한다.
내 온몸에 조용히 번져가고 있을 뿐
밝은 데서도 잘 보이지 않는다.
그이 속눈썹에 묻어나는
은빛 바이브레이션.

귓밥 파기

나는 아내의 귓밥을 판다.
채광가採鑛家처럼 은근히
나는 아내의 귓구멍 속에서
도란거리는 첫사랑의 말씀을 캔다.
더 멀리로는 나에 대한 애정愛情이 파묻혀 있는
어여쁜 구멍
아내의 처녀 적 소문을
들여다보다가
슬며시 나는 그것들을 불어버린다.
아, 한숨에 꺼져버리는
고운 여인의 은銀 부스러기 같은 추억追憶.

바닷속의 언어

여름날
제왕帝王이 걸어두었던
무지개에 녹이 슬었어.

야차夜叉처럼 날뛰던 법령이
이것 봐, 따뜻하게 녹아내리는
여기는 천국.
다디단 음성과 입술이 있어.

샤갈의 동네 사람들 술렁이는
잠이 있어.
동상銅像이 눈뜨는
눈을 떠 시간을 흔드는
거대한 바람이 있어.

제왕의 홍옥紅玉빛 의자를 침몰시킨
사람들의 연둣빛 눈물.
눈물 속 뼈를 깎는
소금이 있어.

이것 봐, 이것 봐,
홍옥의 달빛을 문지르던
여자의 늑골肋骨이 있어.

밤을 질주하는 나르시스의 바다

그를 향하여 사수射手들은 전진하고 있었다. 부서져 날리는 은빛 광선과 반역을 꿈꾸어 온 굵은 눈썹이 이마에서 녹아내리며 수인들은 가장 찬란한 죽음을 총구에서 느끼고 흔들리는 바람을 깨물었다. 풍부한 영양을, 나부裸婦의 지체처럼 서서히 풀려나오는 시간을.

많은 손들이 의문을 품고 항상 지표 위에서 움텄다. 그리고 유린해 갔다. 하나의 문제를 유산시키고 파도를 타고 육박해 들어오는, 그것은 생명. 사수들이 조준을 끝내고, 빼앗기도 전에 생명은 무너져 내렸다. 가슴에서 어깨에서 무너져, 무너져 내리는 바람.

하구로 밀려 흐르는 바람이다. 추방당한 꿈을 부르며 가거라. 가거라. 빗나간 탄환들은 가거라. 황야에서 울부짖던 밤의 영靈들이여.

끈적끈적한 음모의 시선에 결박된 세기의 고아, 나르시스여. 캄캄한 죽음의 껍질에 둘러싸였다가 한 마리 순한 짐승으로 태어났다가 아득한 시원의 돌이 되었다가 영롱한 눈 속에 갇히고 마는 아름다운 바람. 바람은 겁劫의 한 순간을 표류하는 나르시스의 시신.

　그는 눈을 뜬다. 그는 무릎을 꿇는다. 그는 손을 든다. 그는 손을 들어 더듬는다. 산산이 흩어지는 영원의 실체…….

　탈출하고 있는가, 야반의 지혜로운 동작 끊임없이 계속되더니 가장 치열한 시간이 나부끼는 저 검은 해면海面에서 무수히 부활하는 나르시스. 나르시스. 나르시스.

　마침내는 달려가고 있었다. 꽃의 정령精靈들은 절대의 생명을 향하여 미친 듯이 해면을 질주하고 있었다. 질주하고 있었다.

1965

1

일천구백육십오년一千九百六十五年의 가을이 부두埠頭를 떠
날 때

겨울은 점령군占領軍처럼 급히 왔다.

2

부러울 게 없어야 할 시절時節에

교정校庭에서, 그 커다란 미루나무 아래서 모표帽標를 반
짝이며

애당초 글러먹은 기후氣候와 시詩를 이야기하던 친구가

몰래몰래 막걸리를 마시더니

무섭게 자라버린 그 친구가

애당초 글러먹은 나라의 특등사수特等射手가 되어

터지는 포화砲火 속으로 달려간다 하지만

우리들은 말릴 수가 없다.

사랑하는 친구가

떠난다 해도

사랑하는 친구가 우리를 떠난다 해도

하나 안 기쁘고 하나 안 슬픈

그것은 일천구백육십오년.

하나도 하나도 안 기쁜 환송歡送을 받으며

친구는 웃었다.

3

일천구백육십오년의 가을이 부두를 떠날 때

잠도 안 오는 이국 산천異國山川이 한꺼번에 빨려들어

풍선風船 속을 팽창하다가 수천의 비둘기 똥에 짓눌렸던

게지.

짓눌려 터지는 소리가 우리들의 방房

문풍지를 울렸던 게지. 그것은 일천구백육십오년.

사랑하는 친구가 젊디젊은 나이를 총구銃口에 달고

가버렸을 때,

겨울은 무심히

우리들의 텅텅 빈 가슴에 무심히

겨울은 닻을 내렸다.

4
칫솔에 묻어난 피를 닦는 일상日常의 어느 아침
문득 받아 든 에어 메일,
친구의 얼굴을 두 손바닥으로 감쌀 수 있는
그래서 안녕安寧이 더 그리운 수만 리 밖의 체온體溫
체온을 만질 수 있는 문명文明을
감사해야 할까,
날아온 친구의 얼굴은 웃고 있었다.

사랑하는 친구는, 하늘이 뜻한다면
고향故鄕 집 마당도 쓸고
보리밥 된장찌개도 먹을 수 있지 않겠느냐고,
낯선 바람에 깎여 코가 커지고 눈알이 파래진다고
사랑하는 친구는 웃고 있지만
그것은 일천구백육십오년.

5
일천구백육십오년의 겨울이
우리들의 내장內臟 속에서 정박碇泊을 하고
우리들은 지금, 글러먹은 땅에서 어차피 굴러먹는다.

창자 속에 얼어붙은 겨울을 꺼내어
개선장군凱旋將軍처럼 웃는다.
산다는 것이 즐거워서 웃는다.

그것은 일천구백육십오년.

6
일천구백육십오년의 가을이 부두를 떠날 때

우리가 떠나온 그 교정의, 그 미루나무 아래에선
우리들의 동생이 글러먹은 기후와 시를 마시며
아, 무섭게 자란다.
미루나무는 이파리도 없이 무섭게 자란다.

내 이마의 꽃밭에서

내 이제
이마의 조붓한 안마당에 터를 장만하면
비 내리겠지. 은실비 내리겠지.
은실비 맞는 내 꽃모종
수정水晶에 뜨물 부어 순 기르듯이
눈물을 길어 잎을 틔우고, 씨를 얻어보리.

아기씨의 족두리에 꿰인 구슬 알맹이들이
몸 비비며 수줍어하는 밤 이슥한
순금純金의 회오리바람.

불씨 빌려 오듯이 소중한 금빛 고단한
잠은 깨우지 않고 꽃잠은 깨우지 않고
멀리서 초록草綠 두꺼운 해가림하며
쉼 없이 보살피리.

잔등이에 금이 간, 저 소용돌이를 타는 거북이
거북이의 닳아진 발바닥을 가슴에 얹고
이랑진 등허리에 살을 출렁이게 하는, 아기씨
긴 자락 나부끼는 은실웃음 담으려면

굽이 저승에서
동아줄 늘여
내 꿈 낚는 한 천 년을
천 년을 땀 흘려도 싫지 않으리.

살찐 은어銀魚가 무지갯빛 비늘로
한 마장의 물결을 걸어 올리는 모양 익히어
수정 속 같은 바람 데불고 한 천 년을 땀방울로
꽃밭을 매며 살아보리,
살아보리.

하마 오늘 밤,
이승에서 밝히는 새우잠 속에라도
아기씨 눈썹 적실
비 내리겠지. 은실비 내리겠지.

따뜻한 세계를 위한 길 찾기

신덕룡 문학평론가 · 시인 · 광주대 교수

I. 들어가기

바람이 분다. 겨울바람처럼 쇳소리를 내며 창틀을 흔든다. 마치 눈에 불을 켜고 조그마한 틈을 집요하게 찾는 듯하다. 이럴 때, 창밖의 꽃나무들이 더 애처롭다. 꽃을 반만 피운 목련은 피워야 할지 말아야 할지 쩔쩔매고, 성급하게 꽃 피운 놈들은 호된 시련을 겪고 있다. 떨어진 꽃잎들이 쓰레기처럼 길거리에 나뒹굴고 있는 것이다.

그저께는 여름 날씨라고 호들갑을 떨더니, 어제는 비가 내렸고 오늘은 겨울 날씨다. 도대체 믿을 수 없는 것이 봄날의 기후다. 그러나 곰곰이 생각하면, 반드시 그런 것만은 아니다. 이런 변덕이 봄이라는 계절적 특성을 말해주는 것이요, 사계의 순환이라는 거대한 틀 속에서 일어나는 찻잔 속의 폭풍이 아닌가. 한 시인의 문학적 여정도 이와 같을 터이다. 가까이서 보면, 숱한 모색과 변화의 와중에 있는 듯하지만, 따지고 보면 삶의 궤적 안에서 커다란 무늬를 수놓고 있다는 생각이다. 한평생 시를 써온 시인에 있어서는 말할 것도 없다. 우리가 지금 찾아가는 강인한 시인도 마찬가지다.

그는 1967년에 데뷔해서 지금에 이르고 있으니 근 40여 년을 시와 함께 살아온 시인이다. 데뷔하기 전의 시집인 『이상기후』(66)에서 『불꽃』(74) 『전라도 시인』(82) 『우리나라 날씨』(86) 『칼레의 시민들』(92), 시선집 『어린 신에게』(98) 『황홀한 물살』(99) 등의 시집과 『시를 찾는 그대에게』(2003) 란 시론집을 상재한 중진 시인이다. 우리가 이 시인의 삶과 시를 추체험할 수 있는 것은 이런 징검다리가 있기 때문이다. 그의 길을 되짚어가는 문턱에서 우리는 다음과 같은 시를 만나게 된다.

밤 물결이여.
밀감빛 노오란 등불이
풍금 소리처럼 새어 나오는
눈 내린 골목길을
시리우스 별빛만 한
외로움이 간다.
지난가을 누이의 혼례식장에
가만히 켜졌던 작은 눈물
비늘로 반짝이며
오늘은 어느 집 창가에서

잠을 자려나
물결이여.
제 얼굴 밖에서 서성이는
겨울의 꿈이여.
          ─「등불─눈먼 사내 J」전문

이 시에서 우리는 갈증에 시달리는 한 사내의 영혼을 본다.
여름날의 소낙비처럼 쏟아지는 슬픔과 외로움 속에 갈 곳을
몰라 막막해진 젊은이의 영혼이다. 그는 "밀감빛 노오란 등
불이 / 풍금 소리처럼 새어 나오는 / 눈 내린 골목길"을 걷고
있다. 따스하게 빛나는 등불은 눈 내린 골목길의 추위와 대조
되면서 쓸쓸함의 깊이를 더해준다.

잠시 눈을 감고 하얗게 눈이 쌓인 골목길을 상상해보자. 한
밤중의 눈은 지금까지 집을 감싸주던 지붕이며 담장, 연탄재
가 쌓여 있는 대문이며 그 앞에 흐트러진 쓰레기를 하얗게 덮
어버린다. 익숙했던 것들은 사라지고 의지할 곳 없는 마음만
바람결에 휩쓸린다. 이럴 때, 옆에서 깜빡이는 불빛은 얼마나
정겨운가. 거기엔 도란거리는 이야기 소리와 흐뭇하게 아이
를 바라보는 정겨운 눈길이 있고 따뜻한 휴식이 있지 않겠는
가. 더욱이 그곳은 고개를 내밀면 창문을 통해 들여다볼 수
있는 세계. 문제는 내가 창밖에 서서 떨고 있다는 것이다.
빤히 들여다보이기에 더욱 안타깝고 바로 곁에 있지만 거기
에 끼일 수 없기에 외로움은 더 클 수밖에 없다.

여기가 강인한 시인의 시적 출발점이다. 그는 유리창 너머

로 등불을 바라보며, 창가에서 떨고 있다. 추운 겨울, 골목길 창문 밖에서 "노오란 등불"을 바라보는 자의 영혼은 무엇을 갈구하게 되는가. 그의 시는 크게 두 가지 반응을 보이면서 확산해간다.

그 첫째는 따뜻한 등불을 찾아 나서는 경우다. 사랑의 시편들이 여기에 해당되는데, 여기에는 상실감이 짙게 깔려 있다. 그에게 "노오란 등불"의 세계는 잃어버린 것이어서 이를 회복하기 위해 애절하게 노래한다. 이미 잃어버렸지만 반드시 가꿔야 할 "겨울의 꿈"을 현실로 만들기 위한 그의 노력은 사랑의 대상을 찾는 것으로 나타난다. 사랑을 통해 꿈을 일궈갈 수 있다는 믿음이다.

둘째는 등불을 위협하는 세계에 대한 비판이다. 개인적인 것을 넘어 공동체적인 성격을 띠게 된다. 보다 구체적으로는 우리가 더불어 살아야 할 세계로 향하며, 이는 우리 삶을 왜곡시키는 모순에 대한 탐색이기도 하다. 왜 창밖에서 떨며 살아야 하느냐는 강한 의문일 수밖에 없다. 따라서 그의 시는 분단이라는 민족의 현실, 독재자의 폭력에 대해 절망과 분노 때로는 날카로운 비판의 모습을 보이며 전개된다.

중요한 것은 이 두 가지 태도가 그의 시 전편을 통해 온전한 세계를 만들기 위한 구심력과 원심력으로 작용한다는 점이다. 즉 통시적인 축을 따라 일정하게 전개되는 것이 아니라 겹쳐지고 갈라지기를 반복한다.

II. 등불, 찾아 나서기

강인한의 초기 시편에서 보이는 특징 중 하나는 외로운 영혼이 갈구하는 따뜻한 서정의 세계다. 그는 외로움을 벗어나기 위해 끊임없이 사랑의 대상을 찾는다. 이미 그는 "창가에서" 울고만 있는 존재가 아니다. 열심히 세상을 향해 손을 내민다. 마음을 열고 벗이 될 누군가를 찾아 나선다. 함께 만들 사랑의 세계를 찾는 젊은 날의 열정이기도 한데, 그 대상은 늘 멀리 있다. 따라서 이 시기에 그의 서정을 특징짓는 것은 대상의 부재에서 오는 '슬픔'이다.

> 꽃이 보이지 않는다.
> 둘러 둘러보아도 꽃이
> 보이지 않는다.
> 어디로 가버린 것일까.
> 먼지 묻은 문명의 꽃이파리
> 질기고 칙칙한 원혼만이 남아서
> 휴지처럼 딩군다.
> 연인들의 손은 비어 있고
> 아무 데도 꽃이 보이지 않는다.
> 그래도 목마른 손은 더듬는다.
> 등불만큼 환한 목소리,
> 눈물을 풀어 허공에 띄우던
> 산산한 몸짓을.

눈 감아보면
조선의 항아리에 가슴을 담그고
바람 속을 내다보던 얼굴,
색색 구름을 내리던 눈망울이여.
이슬비도 가까이 내리지 않고
한 송이 외로움의 하늘도 떠나가고
아아 보이지 않는다, 꽃이
보이지 않는다.
세상의 흐린 거울 속에
다시는 꽃이 보이지 않는다.
　　　　　－「불꽃 13－꽃이 보이지 않는다」 전문

　이 시는 그가 처해 있는 상황을 잘 보여준다. 그가 서 있는
곳의 특징은 두 가지로 요약된다. 첫째는 찾는 대상이 보이지
않는다는 것이다. "어디로 가버린 것일까"라고 반문하듯, 존
재한다고 믿었는데 눈앞에서 사라져버렸다. 그의 상황은 더
욱 암울해진다. "이슬비도 가까이 내리지 않고", "하늘도 떠
나가고", '깨끗한 부끄러움도' 보이지 않는다. 그에게 남은 것
이라곤 아무것도 없다. 주변에 아무도 없는, 혼자라는 사실이
그를 더욱 안타깝게 한다.
　또 하나는 그가 찾는 대상이 사람이란 사실이다. 비록 "휴
지처럼" 훼손되기 이전의 꽃으로 나타내기도 하지만, 단순한
사물이 아니다. 오히려 "등불만큼 환한 목소리"이기도 하고,
"바람 속을 내다보던 얼굴"이기도 하고, "눈망울"이기도 하

다. 꽃이 그가 이상적인 존재라 믿는 인간의 이미지를 지니고 있음을 알게 된다.

외로움에 떨고 있는 시인에게 꽃이 "등불"을 함께 만들어 갈 벗으로 구체화되는 건 당연한 일이다. 그의 주위에 아무것도 없다는 상실감은 외로움을 벗어나기 위한 더욱 처절한 움직임으로 나타난다. "그래도 목마른 손은 더듬는다"고 하듯, 더욱 애절하게 세계를 향해 손을 내밀고 있다. 그의 영혼은 외로움에 떨고 있지만, 그것에 갇히기를 거부하는 것이다. 이럴 때, 그의 영혼은 방황하는 영혼이 아니다. 방황하는 영혼은 지향점이 없다. 끊임없는 회의와 머뭇거림으로 인해 끝내는 자신이 무엇을 원하는지도 모르게 된다. 그러나 외로운 영혼은 자신의 처지에서 벗어나기 위해서 타인의 손이 필요하다는 것을 알고 있다. 그래서 누군가의 손을 잡으려 몸부림을 친다. 그 과정에서 좌절과 절망에 빠지기도 하지만 끊임없이 세계와의 교감을 추구한다. 그렇다면 고통스런 현실에서 벗어나기 위해 그가 택한 길은 어떤 길인가.

세계와의 소통을 꿈꾸며 이를 실현하는 길이다. 간절한 소망을 품고, 적극적으로 그 대상을 찾아 나서는 것이다. 우리는 그 과정을 살피면서 시인이 찾았던 숱한 이름들을 만나게 된다. "가여운 소녀 아메티스트"(「아메티스트」), "흑발의 애인, 이사벨"(「이사벨 – 샤를 아즈나부르의 샹송」), "물속에 잠긴" 아눈차타(「베네치아에서 – 눈먼 사내 A」), "어둠의 수렁 속을" 가는 유리디체(「유리디체에게」), "어리고 수줍은 아가씨" 마누에라(「말세리노의 회상」), 율리 등이 그들이다. 이들은 모두 꽃으로 상징되는 존재들이다. 시인에게 있어 꽃은 결국 순결한 영혼을 지닌 존재임을 의미하는데, 그 존재를 구체화하기 위해 그리스 로마 신화를 비롯한 수많은 독서 체험을 동원한다.

이렇듯 상실감과 외로움에서 벗어나고자 하는 노력은 어느 한 곳에 뿌리내리지 못했던 그의 유년이나 그가 성장했던 문학적 풍토와 연결되어 있음을 떠올리게 한다. 특히, 아버지의 직장 때문에 이곳저곳 떠돌아다니며 유년 시절을 보냈다는 사실이 그것이다(강인한 연보,《시와사람》, 2000, 겨울호, 146쪽). 떠돌이로서의 기억은 그의 내면에 정착에의 소망을 키워왔던 것이며, 그 소망의 크기와 비례하여 외로움이 깊어진 셈이다. 이는 그의 초기 시편을 지배하는 정서이기도 한데, 1960년대 시단을 풍미하던 우울한 정서와 맞물리면서 증폭되고 있음을 알 수 있다. 그의 시에서 보이는 모더니즘의 취향이 그것이다. 그의 독서 체험이 시 속에 드러나 있듯, 이국적 분위기를 통해 서구적 정서를 드러내는 것이나 "나는 울고 싶다"(「풀잎에 쓴 시」)고 하듯 자주 등장하는 감상적 비애가 그것이다(김재홍, 『누가 눈물 없이 울고 있는가』, 시와시학사, 1991, 137쪽 참조).

이런 그의 서구 취향의 정서와 감상성이 정제되기 시작하는 것은 "율리"를 발견하면서부터라 할 것이다. 「영원한 바다」 「겨울나라의 달」 「율리의 초상」 「백야」 「율리, 율리」 등의 시편에서 보듯, 율리의 발견은 그의 시에 하나의 전기를 마련한다.

품어볼 어떤 야망도 없는 시대
세상의 구석진 어느 곳에서는
힘차게 힘차게 평화만이 무너지고 있는 때
율리, 당신은 까만 외투 깃을 세우고
찬바람 속에 웃으며
겨울을 나야 하는 작은 새처럼 쓸쓸히
나를 기다리고 있었어.
  ―「율리, 율리」 중간 부분

 이 시편은 정서의 직접성을 통해 원초적인 정감을 환기하고 있다. 젊은 날의 애틋한 사랑의 표현이다. 그러나 우리가 주목할 것은 이런 고백을 통한 정서적 교감이 아니라 그의 시편에서 "율리"의 발견이 주는 의미라 할 것이다. 그것은 그리움의 대상이 하나로 집약되고 구체화되는 데서 오는 심리적 안정감과 연결되기 때문이다. 지금까지 그는 외로움을 벗어나기 위해 숱하게 많은 대상을 향해 손을 내밀었고, 또 그에 따른 슬픔과 비애에 젖어 있었다. 그 대상이 늘 시인에게서 멀리 떨어진 상상 속에 존재하고 있었다는 뜻이다. 그러나 "율리"는 다르다. 무엇보다도 그리움의 대상이 자신의 삶과 연관된 어느 한 인물로 구체화되었고, 지금까지와는 달리 "나를 기다리고 있"다. 이전의 시에서 보이던 감상적인 열망의 언어가 잔잔한 자기고백의 언어로 바뀌고 있다는 것도 눈에 띄는 변화이다.
 이런 점에서 우리는 "율리"란 이름이 사랑하는 연인과 그의 어린 딸에게 붙여졌다는 사실에 주목할 필요가 있다. "율리"가 플라토닉 사랑의 대상이든 실제의 인물이든 관계없이, 이 두 사람은 시인과 함께 가장 가까이에서 행복을 나눌 수 있는 존재가 된다. 이들은 그가 추구하는 세계의 구성원이며, 외롭고 지친 시인에게 "나직한 외등"(「백야」)과 같은 존재이다. "내 작은 생애를 얹어보고 싶"(「율리의 초상」)을 정도로 절대적인 대상이며, "찬바람 속에 웃으며 / 겨울을 나야 하는 작은 새처럼 쓸쓸히 / 나를 기다리고 있었어"라고 하듯 이미 내 곁에 있는 것이다. 따라서 젊은 날의 연인으로서의 율리가 심리적 안정을 주면서 감상적 비애감에서 벗어나게 해주었다면, 어린 딸 율리는 따스한 등불 밑의 행복을 가꾸는 존재가 된다.

> 추운 사람들이 내뿜는 하얀 입김
> 유리창 밖 웅크린 풍경 위에 가만가만 덮이고
> 소주에 취해서
> 길고 긴 겨울은 술병처럼 흔들리지만
> 율리야, 너에게 주려고
> 아빠는 동화책 한 권을 샀지.
> ―「밤길」 뒷부분

이 시에서 뚜렷하게 드러나는 것은 부성애이다. "삼십만 원도 안 되는 선생 노릇을" 한다고 어린 딸의 투정을 듣는 가난한 아버지이지만, 그는 어린 딸의 기쁨을 위해 동화책을 산다. 그가 말하듯 "유리창 밖"의 세계는 "양심을 두 개씩 달고 살아가는", "추운 사람들이 내뿜는 하얀 입김"이 가득한 곳이다. 이에 반해 "유리창" 안쪽의 세계는 투정 부리는 어린 딸과 아내가 있는 곳이다. 가난하지만 조그만 선물에도 기쁨이 넘치는 행복한 세계다. 젊은 시절, 그토록 원했던 "밀감빛 노오란 등불이 / 풍금 소리처럼 새어 나오는"(「등불 – 눈먼 사내 J」) 공간이 아니었는가? 사실, 그가 원하는 것은 크고 화려한 것이 아니었다. 등불의 따스함이 그러하듯, 초기 시 「귓밥 파기」에서 보여지던 평화 속에 깃든 작고 내밀한 행복이었던 것이다.

율리를 가족 안에서 노래하면서부터, 그의 시에서 따뜻한 부성애와 부부애 등 가족에 대한 사랑을 보여주는 작품이 자주 등장한다. 또한 이 사랑은 「물소리가 그대를 부를 때」「풍란」들의 시편에서 보듯 인간과 인간, 인간과 사물 사이의 소박하면서도 은밀한 교감으로 확대된다. 그의 시에서 진정으로 따뜻한 한 인간이 자신의 삶을 깊고 넓게 가꾸는 모습을 발견하게 되는 것도 이런 이유에서다.

Ⅲ. 역사의 터널 속에서

강인한은 시를 통해 영혼의 결핍을 채우려는 노력과 함께 우리 시대의 고민을 드러낸다. 이른바 우리 시대의 다양한 모순이 빚어내는 파행적 현실에 대한 고민이다. 이는 분단된 조국 현실(「대운동회의 만세 소리」)에서 월남 파병(「1965」「이상기후」「스물두 살」), 독재자의 출현(「불길 속의 마농」), 와해되는 농촌 현실(「뱀 3」)에 이르기까지 다양한 관심을 표명하고 있는 데서 잘 드러난다.

조국 현실에 대한 그의 관심은 「1965」에서 처음 나타난다. 이 시는 베트남으로 파병된 친구를 보내는 시인의 답답한 내면세계를 보여준다. 그러나 그 답답함이 단순히 전쟁터로 나간다는 사실이나 친구와의 이별에서 비롯한 것이 아님을 금방 알 수 있다. 그 이면에는 "애당초 글러먹은 나라의 특등사수特等射手"라는 표현에서 알 수 있듯, 조국의 상황에 대한 비극적 현실 인식이 깔려 있다. "글러먹은" 나라의 젊은이들이 "글러먹은" 나라로 가서 "글러먹은" 젊음을 소진한다는 것이다. 우리의 조국과 베트남의 현실이 겹쳐지면서 시적 함의를 더욱 깊게 하는 것이다.

삼림처럼 무성한 우계雨季가
그의 우리른 눈망울에 어리우고

휴전 고지의 캐터필러 자국마다 쑥꽃이 피었다 지고
엄청난 사연으로 초병은 울고 있었다.
짐승처럼 울고 있었다.
유성流星이 가만가만 어깨에 내려앉는 겨울 하얀 눈구렁 속에서
조국은 떨고 있었다.

겨냥해야 할 진정한 적敵이 없는 지도 위에 엎드려
초병은 비운을 울고 있었다. 울고 있었다.
　　―「대운동회의 만세 소리」 제5연

　1967년 〈조선일보〉 신춘문예 당선작인 이 시 역시 조국에
대한 비극적 현실 인식을 바탕으로 월남에서 싸우는 젊은이
의 혼란한 내면을 보여주고 있다. 초병의 눈에 "삼림처럼 무
성한 우계雨季"가 어리고 있다. 초병은 낯선 이국 땅의 전쟁
터, "어두운 남지나의 적의에 찬 땅굴 속에서" 눈에 불을 켜
고 주위를 살피고 있다. 그의 눈에 펼쳐지는 것은 하루 종일
내리는 비와 무성한 삼림이다. 이 낯선 땅에서 그는 "휴전 고
지의 캐터필러 자국마다 쑥꽃이 피었다 지"는 휴전선을 떠올
리고, 급기야 "겨울 하얀 눈구렁 속에서" 떨고 있는 조국을
생각하게 된다. 그는 분단과 전쟁으로 얼룩진 두 나라 젊은이
들의 고통을 함께 겪고 있는 것이다. 그렇다면 남의 나라 땅
에서 전쟁을 치러야 하는 초병은 무엇을 위해 싸워야 하고 무
엇을 위해 울어야 하는가? 그가 겨냥해야 할 적은 누구인가?
위의 시에서 초병이 "겨냥해야 할 진정한 적敵이 없는 지도
위에 엎드려" 울고 있듯, 삶의 전망은 불투명하다. 다만, 비극
적 현실을 보여줌으로써 현재 우리 삶의 성격과 위치를 되돌
아보게 하고 있을 뿐이다.
　새로운 전망을 드러내지 않는다는 것은 6, 70 년대를 살았
던 젊은이들의 의식과 연결된다. 그가 애초에 "글러먹은" 나
라라고 했듯, 조국에서도 이국의 낯선 땅에서도 미래의 희망

을 찾을 수 없는 비극적 현실 때문이다. 이런 삶의 비극은 본질적으로는 조국의 분단에서 비롯한 것이며 가깝게는 이를 이용하는 정치 세력의 폭력성에서 오는 것이다. 반공 이데올로기나 성장 이데올로기를 저해(?)하는 어떠한 논의도 허용되지 않는 현실, 철저하게 제한되고 파괴된 삶이 그것이다. 이는 조국 근대화란 기치 아래 끊임없이 희생을 강요하는 그래서 피폐된 삶을 껴안고 뒹굴 수밖에 없는 농촌의 모습에서도 잘 나타난다.

> 죽어서도 못다 풀 남도의 시름
> 지키다 쓰러져 황소울음을 우는
> 여기는 끝끝내 캄캄한 땅
> 울어라, 저승 푸른 달빛을 물고
> 열두 발 어둠 속에 뜨건 피로 울어라.
> ―「뱀 3」 뒷부분

이 시에서 "울어라"라고 하듯, 농촌의 삶이 절망적임을 알 수 있다. 이미 많은 시인들이 1960년대부터 폭풍처럼 불어닥친 근대화의 바람을 대도시로의 인구 집중과 이에 따른 농촌의 공동화라는 현실로 노래했다. 이 시기의 시편들에서 농촌의 젊은이들이 도시로 도시로 나가 노동자가 되고, 농촌은 늙고 힘없는 사람들의 살림터가 된 상황을 발견하는 일은 쉽다. 특징적인 것은 이를 보여주는 방식인데, 이 시는 민족적 현실 앞에서 울고 있는 초병의 모습과 마찬가지로 "울"고 있다는 것이다.

왜 시인은 곳곳에서 울고 있는가? 그의 시 어디에서도 희망적인 현실은 보이지 않는다. 더욱이 "닥치는 대로 부수고 닥치는 대로 세우는 / 미끈한 당신의 폭력"(「불길 속의 마농－1972년의 비망록」)에서 보듯 폭력 자체가 미화되고 있으며, 폭력의 주체는 "이 시대의 하늘에 떠서"(「밤 버스를 타고」), "나는 하느님이다"(「가장 새로운 아침이」)라고 할 정도로 무소불위의 힘을 행사하고 있다. 그러나 밤늦게 "지쳐서 돌아오는"(「뱀 3」) 큰애기들이나 "버리고 떠난 논배미"(「뱀 3」)를 바라보는 농부나 "시詩를 이야기하던 친구"(「1965」)들이 그 "하느님"에 대항할 어떤 힘이 있겠는가. 따라서 불가항력적인 상황 그리고 미래의 전망이 전혀 보이지 않는 현실 앞에서 시인은 울 수밖에 없다. "저승 푸른 달빛을 물고 / 열두 발 어둠 속에 뜨건 피로 울어라"라고 하듯, 그의 울음은 비극적 현실 앞에서의 뜨거운 분노다. 절망적 상황 앞에서 울부짖는 약자의 분노인 셈이다.

이렇듯 그의 초기 시는 스스로 헤어날 수 없는 절망과 분노를 울음으로 드러내고 있다. 그러나 울음이 분노의 표현이라 해서 그의 시가 감상성의 혐의를 벗는 것은 아니다. 울음을 터뜨리는 것보다 억지로 참고 있는 모습에서 더욱 처연한 슬픔과 분노가 우러나오듯, 보다 냉철한 자기인식을 요구하는 것은 이 때문이다. 이런 점에서 볼 때, 그의 분노가 정제되어 나오는 것은 비극적 현실을 온몸으로 체현하면서부터다.

도시에는비가내립니다

정오입니다

철로가소리없이비에젖습니다

들어오는열차도나가는열차도없습니다

비가내립니다

시내버스도그많던택시도보이지않습니다

아스팔트넓은도로에

사람들이띄엄띄엄부호처럼걸어다닙니다

따르륵따르륵전화다이얼이저혼자살아서

시내에서시내로걸려갑니다

비가내립니다

도시는거대한전염병동

시뻘건웃음소리가검게탄건물의벽에서

거미줄처럼나직이새어나옵니다

비가내립니다

　　－「기계도시속에서」전문

　1980년 5월의 광주를 그려내고 있는 작품이다. 광주에서
는 군부의 쿠데타에 맞서 온 시민이 자유와 정의를 부르짖었
다. 그 결과 군인들의 무자비한 살육이 전개되고 도시는 비명
속에 갇혀 있었다. 광주가 어둠 속에 떨며 신음하고 있을 때,
누구 하나 광주의 참상과 진실에 대해 귀를 기울이지 않았다.
우리는 "이 세상 어디선가 / 총성이 울리고, 사람이 / 사람이
눈 부릅뜬 채 거꾸러져도 / 전혀 듣지 못하고"(「귀」), 아니 들

으려 하지 않고 눈만 동그랗게 뜬 채 숨죽이고 있었다.

살육과 광기로 휩싸인 도시에서 시인이 본 것은 무엇일까? 입이 있어도 말하지 못하고, 귀가 있어도 듣지 못하는 철저히 단절된 공간에서의 고립감과 절망이었으리라. 그러나 시인은 눈물을 흘리지 않는다. 오히려 차분하게 도시의 모습을 그리고 있다. 그가 그려낸 도시에는 "들어오는열차도나가는열차도" 없고, "시내버스도그많던택시도" 없다. 움직이는 것이라고는 "띄엄띄엄부호처럼걸어다"니는 사람들이 있을 뿐이다. 마치 전염병이 돌아 모든 시민이 사라진 텅 빈 도시와 같다. 적막과 폐허의 도시에 비가 내려 더욱 을씨년스런 풍경을 만들고 있다. 일찍이 민영 시인이 "막스 에른스트의 화폭을 보는 것" 같다(민영, 「살아남은 자의 슬픔」, 《창작과비평》, 1992, 여름호, 186쪽)고 한 말에 저절로 고개가 끄덕여지지 않을 수 없다.

그렇다. 어두운 잿빛의 거리엔 소리가 없다. 사람들도 송장이나 허깨비처럼 걷고 있다. 이 도시를 지배하는 것은 거대한 침묵이다. 침묵은 "시뻘건웃음소리"에 의해 야기된 강요된 것이기도 하고, 더 이상 어찌할 수 없는 절망에서 비롯한 것이기도 하다. 공포로 덮인 죽음의 도시를 시인은 소리 없음을 통해 그려내고 있는 것이다. 살아 있으되 죽은 것과 같다는 인식의 표현이다. 띄어쓰기가 무시된 시행 속으로도 어떤 감상이나 비애가 끼어들 틈이 없다. 시 자체가 한 폭의 그림이 되어 수만 군중의 구호나 절규보다 큰 울림으로 다가오는 것이다.

그러나 그는 거창한 역사의 진전을 믿지 않는다. 그에게 역사는 언제나 "피 묻은 백지, 마초 한 다발"(「저녁 비가悲歌」)과 같이 보잘것없는 것이다. 역사에 헌신하고 희생한다는 것 자체가 광기에서 비롯한 것이란 생각이다. 이를 증명이라도 하듯, 광주의 뜨거운 열기가 사라지자 사람들의 머릿속은 "쓰레기로 꽉 들어차"고, 역사에 헌신했다는 사람들은 "광주를 팔아 오월을 팔아 / 싸구려 분단장을 하"(「배반의 세월 속에」)는 현실을 보여주기도 한다. 그렇다면 그는 허무주의자인가? 물론 아니다. 그가 믿는 세상은 오히려 역사의 줄기에서 벗어난 사람들의 삶 속에 있다. 그들은 "쑥떡"같이 "가장 후진 백성들"(「전라도여, 전라도여」)이며, 월부로 냉장고를 들여놓고 행복해하는 가난한 주부(「냉장고를 노래함」), 전세방을 얻으러 변두리를 돌아다니는 몸뻬 입은 여편네(「변두리에서 1」), 세상의 미운 놈들 용서하자며 삼겹살을 씹는(「삼겹살을 먹는 법」) 소시민들과 같이 역사의 주류에서 벗어난 사람들이다. 이런 사람들이 누구인가? 거창한 역사의 진보나 정의를 부르짖을 줄 모르지만, 따뜻한 세상을 꿈꾸며 양심에 따라 삶을 일궈가는 사람들이다. 이들의 삶 속에서 진정한 역사를 찾을 수 있다는 것이다. 그 꿈은 그가 말하듯, "걸어야 할 길"과 "피어야 할 꽃"(「지상의 봄」)이 아직도 우리 삶 속에 남아 있기 때문에 가능한 것이리라. 이들의 구체적 삶 속에 깃든 행복이야말로 시인이 일관되게 추구해온 것이다. 거창한 역사란 이들의 삶을 위협하는 것 이상도 이하도 아닌 셈이다.

IV. 환한 세계, 끌어안기

이제 등불이 어떻게 주위를 밝히고 있는가를 살펴볼 차례다. 그는 지금까지 두 가지 행적을 보여왔다. 하나는 등불을 스스로 만들기 위해 노력했고, 또 하나는 그 등불을 위협하는 것을 찾아 나섰다. 전자가 남녀의 애정을 바탕으로 한 사랑의 시편들로 시작되었다면 후자는 역사와 현실에 대한 관심으로 나타났다. 그리고 이 두 길은 그의 문학적 여정을 따라 만났다 갈라지기를 반복하여 오늘에 이르고 있다.

중요한 것은 이런 과정에서 그의 시가 많은 변화를 겪었다는 사실이다. 무엇보다도 그가 젊은 시절에 받았던 모더니즘의 세례를 스스로 정화했다는 점이다. 특히, 초기 시에서 보이는 서구 취향의 소재들과 지나친 감상성을 극복하기 위한 방법으로 전통적 서정과 시적 기법에 대한 천착을 착실하게 이뤄냈다. 이런 변화는 '등불'의 이미지가 유년 시절 그리고 가족에 대한 사랑이 심화되면서 그의 정서 표출 방식 또한 달라지고 있기 때문이다. 등불이 그의 시에 중심의 이미지로 작용하면서, 그 중심을 에워싼 향토적 서정을 새롭게 드러내는 길이 열린 것이다. 다음의 시는 이를 잘 증명하고 있다.

오랜 가뭄 끝에 내리는 비는
싱싱한 초록이다

보랏빛 남쪽

하늘을 끌어다 토란잎에 앉은
청개구리

한 소쿠리 감자를 쪄 내온
아내 곁에
졸음이 나비처럼 곱다.
　―「보랏빛 남쪽」 전문

　한 폭의 수채화를 대하는 듯한 작품이다. 가만히 들여다보
면, 이 그림은 살아 있는 풍경이 된다. 오랜 가뭄 끝에 내리는
단비는 시든 풀잎을 건드린다. 비가 닿은 자리마다 풀썩이는
먼지들, 지쳐 누운 풀잎들이 얼굴을 때리는 빗줄기에 놀라 부
산하게 눈 비비는 작은 소요가 들려온다. 방울방울 내리는 비
는 호수의 수면에 수만 개의 동심원을 만들면서 하늘을 호수
에 옮겨다 놓는다. 호수의 빛깔은 이내 사람의 눈빛으로 바뀐
다. 그리고 그의 눈 속으로 들어온 청개구리 한 마리. 풍경이
더욱 새로워지면서 오랜만에 토란잎에 올라앉아 찬비가 닿
는 살갗의 감촉을 즐기는 청개구리 역시 지그시 눈을 감고 있
다. 한가하면서도 평화로운 광경이다. 또한 그림 한 귀퉁이에
사람이 있다. 쪄 온 감자를 옆에 두고 졸고 있는 아내와 여름
날 오후의 풍경을 번갈아 보는 이의 눈이 정겹다.
　한국화를 연상케 하는 이 풍경을 굳이 수채화라 한 이유는
각각의 사물이 또렷이 살아 있으면서도 토속적인 정감이 깔
려 있기 때문이다. 전체적인 여운은 가뭄, 토란잎, 청개구리,

소쿠리, 감자 등의 어휘가 만들어내는 토속적인 정서에서 온다. 이 토속적인 정서가 수채화라는 근대적 기법과 맞물리면서 새롭게 태어나고 있는 셈이다. 토속적인 분위기 속에서도 넉넉히 살아 있는 현대성을 지녔다(이은봉, 「순결한 영혼 혹은 정직한 불투명성」, 《시와사람》, 2000, 겨울호, 173쪽)는 평가 역시 이를 바탕으로 한 것이리라.

그의 시에서 이런 작업이 훌륭하게 이뤄지고 있음을 발견하기는 어렵지 않다. 마른 풀 향기 속에서 죽은 친구의 이름을 떠올리는 「哀歌」, 은사시나무의 뿌리 깊은 곳에서 들려오는 물소리 속에서 깊은 그리움을 퍼 올리는 「물소리가 그대를 부를 때」, 이른 봄에 환하게 피었다가 흔적 없이 사라지는 풀꽃에서 아픔을 발견하는 「황홀한 물살」 등의 작품은 서정의 결과 이미지의 섬세한 결합을 잘 보여준다. 더 중요한 것은 그 스스로 시인은 시를 통해 영혼을 구원한다(강인한, 『시를 찾는 그대에게』, 시와사람사, 2003, 107쪽)고 하듯, 작고 여린 것들에 대한 믿음과 애정을 시와 삶으로 육화하는 끈기와 열정이라 할 것이다. 그 열정은 가난한 삶이지만 소중하게 가꾸는 아버지에 대한 믿음이나 역사의 뒷전에 있지만 온전한 삶을 꿈꾸는 이웃들에 대한 애정 속에 드러난다. 이렇듯 크고 화려한 것을 믿거나 탐하지 않고, 소박하고 진솔하게 자신의 길을 걷는 태도야말로 이 시인에게 보내는 가장 큰 신뢰의 근거라 할 수 있으리라.

－《원탁시》 48집, 2004년 5월

한국시인협회상은 전년도에 발표된 시의 순수한 작품성을 위주로 가장 탁월한 작품을 창작한 시인에게 수여하는, 국내에서 가장 권위 있고 오랜 역사를 가진 시문학상이다. 심사위원들은 시협 사무국에서 예심을 거쳐 정리한 열 명의 시인들의 시집을 검토하여 서로 의견을 개진하였다. 진지한 토론과 투표를 통하여 강인한 시인의 시집『입술』을 수상작으로 선정하는 데 의견의 일치를 보았다.

강인한 시인은 1967년〈조선일보〉신춘문예로 등단하여 40년 넘게 꾸준하고 열정적으로 시 창작 활동을 해왔으며『불꽃』『전라도 시인』『우리나라 날씨』『칼레의 시민들』『황홀한 물살』『푸른 심연』등의 시집을 발간하여 이미 문학적 역량을 충분히 펼친 바 있다. 특히 지난해 발간한 시집『입술』에 실려 있는 시들은 60대 후반의 시인이 쓴 작품들이라고 하기에는 너무나 싱싱하고 선명하며 격정적인 아름다움을 간직하고 있어서 시단에 잔잔한 충격이 되었다는 평을 들을 만하였다. 나이 들어가면서 삶을 관조하며 편안히 응시하는 자세를 보이는 시인들이 많은 것이 현실인데, 강인한 시인은 오히려 생에 대한 열정과 젊음의 자세를 유지하고 있는 점이 주목되었다.

시집 『입술』에 실려 있는 시들의 경향을 한마디로 요약하면 청년의 가슴에서 끌어낸 영원한 에로티시즘의 미학이라 할 만하다. 거기에는 탐미주의적 관능미를 추구하는 팽팽한 감성적 긴장미가 있고, 완벽한 예술성을 추구하는 진지하고 견고한 언어적 형상화의 세계가 있다. 현실에 대한 간섭이나 비판을 보여주는 시들에서도 심미적 안목으로 접근하는 장인다운 기질이 엿보여서 오늘의 우리 시가 나아가야 할 하나의 전범을 보여주고 있다고 할 수 있다. 또한 영화나 미술 등 인접 예술에서 받은 자극과 충격을 시적 자원으로 받아들여 차원 높게 재구성하여 보여주는 작품들까지 포함되어 있어 이 시인의 예술적 교양과 심미적 차원의 수준을 가늠하게 하였다.

시집 『입술』에 수록되어 있는 시들은 모두 탁월한 미적 조형화의 실체에 도달하였다고 할 만하지만 심사위원들은 특히 「일 획」「감전 1」「장미의 독」「빈 손의 기억」「오후의 실루엣」「늦은 봄날」「입술」「가까운 미래」 등의 시에 주목하였다. 강인한 시인의 시에서 보이는 존재의 내면에 자리한 그리운 사람에 대한 이끌림은 평소에는 "잠든 돌"이었다가 어느 순간 "그 심지에 불이 붙어" "벼락 맞은 듯" 시퍼런 불꽃을 피워낸다(「감전 1」). 얼음과 같은 갇힌 존재의 내면을 깨트리고 불꽃의 열정에 감전되었던 시인의 감성은 시 「일 획」에 이르러서는 정결하고 순정한 혼이 흰 속살을 드러내며 향긋한 수액의 향기와 같은 언어의 관능미를 구현한다. 이러한 시인

의 작업은 한국시협상의 권위를 더욱 빛낼 만하다고 심사위
원들은 의견의 일치를 보았다.

─ 2010년 3월

김종길, 이가림, 나태주, 신달자, 조창환(글)

* 1944년 3월 26일(음력 3월 3일) 전북 정읍군 정주읍 시기리 평화동에서 세무공무원 진주 강씨 강형준 씨와 전주 이씨 이희자 씨의 3남매 중 막내로 태어남. 본명은 동길東吉.
* 1950년 이리초등학교 입학. 6·25전쟁이 터지고 당시 이리세무서장이었던 아버지가 전주형무소에 갇혔다가 극적으로 탈출함.
* 1954년 음력 3월 광주사세청 조사과장이었던 부친이 지병으로 인하여 48세로 별세. 광주서석초등학교 2학년부터 5학년까지 다니다가 6학년 봄 이리중앙초등학교로 전학, 거기서 졸업함.
* 1956년 3월 정읍중학교에 수석 입학. 미술반에 들어 활동했으며 학교 대표로 전북 도내 중고등학생 사생대회와 백일장대회에 참여하여 양쪽에서 각각 가작 입선을 함.
* 1959년 전주고등학교에 입학. 1학년 1학기까지는 미술반, 2학기부터는 문예반에서 활동함. 문예반 지도교사는 신석정 선생님으로 문예반 학생들에게 '맥랑시대麥浪時代'라는 동인 명칭을 붙여줌. 오하근·이한기가 2년 선배, 강일부·오홍근이 1년 선배, 동기 송준오·강동길, 그리고 1년 후배로 손풍삼·이추원·김준일, 2년 후배로 이상렬 등이 늘 시와 소설을 습작하며 합평회를 가지기도 함.
* 1961년(고 3년) 10월 성균관대학교 주최 전국고교생백일장대회에 현

대시 장원을 함. 주어진 백일장 시제는 「오늘」.

* 1962년 전북대학교 국문과에 입학. 박정희 군사정권의 대학생 정원 축소 정책으로 국문과 신입생은 정원 미달인 6명뿐. 1학년 봄, 전북 대학신문사 학생기자로 선발됨. 이후 4학년 1학기까지 강의실보다 교내 신문사에서 더 많이 활동함.

* 1964년(대학 3년) 11월 경북대학교 전국대학생현상문예에 시 「사자 공화국死者共和國」 당선. 이때부터 강인한姜寅翰이라는 필명을 사용함.

* 1965년 4월 〈전북일보〉 신춘문예에 시 「당신 앞에서」가 당선 없는 가 작으로 입선. 5월 고려대학교 전국대학생현상문예에 시 「내 이마의 꽃 밭에서」가 당선 없는 가작 입선. 겨울에 교내 현상문예에 단편소설 「더러운 강」 당선. 크리스마스를 앞두고 〈동아일보〉 신춘문예에서 시 「1965」의 당선 통보를 받고, 다시 나흘 뒤 당선 취소 통보를 받음. 12월 15일자 〈전북대학신문〉에 발표된 작품이므로 취소한다는 것. 이듬해 부터 동아일보는 "기발표 작품은 당선을 취소한다"는 규정을 명문화 함. 그러나 요즘에도 미등단의 무명 신인이 학내의 교지나 학보에 발 표하는 습작 활동을 당선 취소의 사유로 삼지 않는 신문도 있음.

* 1966년 3월 고등학교와 대학 7년간의 전주 생활을 정리하고 직장을 얻어 정읍으로 이사함. 이후 정읍의 호남고등학교에서 만 10년 동안 을 국어 교사로 근무함. 8월에 첫 시집 『이상기후』를 전주 가림출판 사에서 자비로 출판함. 신석정 선생님의 서문이 붙고 모두 30편 수 록. 9월 김광림 시인이 주재한 《현대시학》에 「귓밥 파기」가 신인 작 품으로 발표됨. 등단 전의 비공식적인 처녀작임.

* 1967년 1월 〈조선일보〉 신춘문예에 시 「대운동회의 만세 소리」가 당 선됨. 5월 문공부의 신인예술상 문학 부문에 시조 「임진강」 수석 당 선. 이후 '신춘시' 동인에 들어 11집(1967.4)부터 19집(1969.12)까지 '신춘시' 동인지에 작품을 발표함. 《신춘시》 20집 기념호가 준비 과

정에서 무산되고 동인지의 수명이 19집으로 끝남.

* 1971년 한약방을 경영한 부안 김씨 김형술 씨와 한양 조씨 조순동 씨의 장녀 김명규와 결혼함.

* 1972년 장녀 율리 출생. 이 무렵 동양방송의 '신가요 박람회'에 본명 강동길로 응모한 노래 가사 「하얀 조가비」(노래, 박인희), 「등불」(노래, 영 사운드) 등이 작곡됨.

* 1973년 장남 승일 출생.

* 1974년 1월 두 번째지만 등단 후로는 첫 시집인 『불꽃』을 전주 대흥출판사에서 간행. 시집에 모두 101편의 시를 수록하였으며 시집으로서는 최초로 가로쓰기 조판을 함.

* 1975년 차녀 세리 출생.

* 1977년 3월 광주의 살레시오고등학교로 직장을 옮김. 이후 2006년 3월까지 광주에서 생활함.

* 1978년 '원탁시' 동인에 참여함.

* 1979년 '목요시' 동인을 창립. 강인한 · 고정희 · 국효문 · 김종 · 허형만 다섯 시인으로 《목요시》 1집을 간행. 그 후 김준태 · 송수권 등을 2집부터 동인으로 영입함. 이 시기부터 시조 창작에서는 완전히 손을 뗌.

* 1982년 제3시집 『전라도 시인』을 태 · 멘기획에서 간행. 장석주의 해설, 카피라이터 이만재의 발문이 있고 모두 83편의 시와 프로필을 포함, 이만재 촬영의 사진 20점을 함께 수록. 이 시집으로 연말에 제5회 전남문학상을 받음.

* 1983년 무크지 《민족과 문학》을 냄. 편집위원 강인한 · 김준태 · 문순태 · 윤재걸.

* 1984년 추석을 지낸 뒤 심장병의 악화로 모친 65세로 별세.

* 1986년 9월 제4시집 『우리나라 날씨』를 나남에서 간행. 77편 수록.

* 1992년 2월 제5시집 『칼레의 시민들』을 문학세계사에서 간행. 서문에

"1980년 오월의 광주. 그때를 광주에서 겪었던 사람들이라면 누구나 '칼레의 시민들'이 당한 비통한 심정을 충분히 이해할 것이다. 그로부터 십 년이 지났다"라고 이 시집이 오월 광주의 시편들을 중심으로 묶은 시집임을 밝힘. 모두 60편 수록. 해설에 정현기.

* 1998년 5월 시사성을 배제한 서정시들만을 묶은 시선집 『어린 신에게』를 문학동네 '포에지2000' 시리즈로 간행.

* 1999년 3월 제6시집 『황홀한 물살』을 창작과비평사에서 간행. 62편 수록. 김준태의 해설.

* 2002년 3월 인터넷 카페 '푸른 시의 방'을 개설하여 혼자 운영하기 시작함.

* 2003년 1월 시 해설 및 비평집 『시를 찾는 그대에게』를 시와사람사에서 간행.

* 2004년 2월 살레시오고등학교에서 명예퇴직, 37년간의 교직 생활을 마침.

* 2005년 6월 제7시집 『푸른 심연』을 고요아침에서 간행. 66편 수록. 나희덕의 해설. 격월간 《시를 사랑하는 사람들》의 공동 주간을 맡게 됨.

* 2006년 4월 아이들 셋이 결혼하여 살고 있는 서울로 이사함.

* 2009년 7월 제8시집 『입술』을 시학에서 간행. 64편의 시 수록. 해설 대신 시에 대한 단평을 붙였는데 전해수 · 강경희 · 이숭원 · 김석준 · 장이지 · 고성만 · 김유중 · 복효근 · 한혜영 · 신지혜 등이 필자. 이 시집으로 2010년 3월 제42회 한국시인협회상을 받음.

* 2012년 3월 한국시인협회 이사에 위촉됨. 9월에 제9시집 『강변북로』를 '시로여는세상 기획시선'으로 간행. 52편 수록. 신진숙의 해설.

『황홀한 물살』1992~1999

산수유꽃 피기 전 / 누락 / 거리에 비를 세워두고 / 호박꽃 속에 갇힌 벌 / 보랏빛 남쪽 / 고양이 떼 / 가을에 관한 소견 / 봄 회상

『칼레의 시민들』1986~1992

기계도시속에서 / 이것은 꿈입니다 / 카인의 새벽 / 배반의 세월 속에 / 까마귀 떼 날다 / 조개 / 지상의 봄 / 뇌 없는 여름 / 떠도는 이를 위하여 1

『우리나라 날씨』1982~1986

저녁 비가悲歌 / 우리나라 날씨 / 북풍北風 / 테사파레시도스 / 귀 / 해 지는 곳으로 가서 / 백작 이완용의 달 / 떠서 흐르는 것이 상한 물고기뿐이랴(우리도 섬으로 떠서, 개제) / 초산楚山 (井邑에서, 개제) / 청산후곡靑山後曲

『전라도 시인』1974~1982

팬지꽃 / 전라도여, 전라도여 / 리사이틀 / 냉장고를 노래함 / 통화 중 / 남행南行 길 / 밤 버스를 타고 / 밤길 / 이빨 / 팬터마임 / 하수구를 뚫으며 / 칙어勅語 / 검은 달이 쇠사슬에 꿰어 올린 강물 속에 / 물상物象 / 여섯 개의 하늘

『불꽃』1966~1974

비 오는 날의 소네트 / 대운동회의 만세 소리 / 불꽃 1 / 불꽃 2 / 불꽃 6 / 불꽃 15 / 불꽃 21 / 뱀 1 / 뱀 3 / 할멈의 눈 / 불길 속의 마농 / 대결 / 이사벨 / 이민 가족 / 빨간 기타를 치는 여자 / 어린 왕자 / 율리, 율리 / 깊은 밤 눈이 내린다 / 램프의 시 / 눈물, 여자의 눈물

『**이상기후**』 1964~1966

귓밥 파기 / 바닷속의 언어 / 밤을 질주하는 나르시스의 바다(개작) /
1965 / 내 이마의 꽃밭에서